구름해석전문가

구름해석전문가

부희령 소설

교유서가

차례

콘도르는 날아가고

이틀에 한 번쯤은 집에 들르던 아버지가 한 달 내내 소식이 없자, 어머니는 유리로 된 두 짝짜리 미닫이 현관문에 방범문을 덧달았다. 레일에 붙어 있는 X자형 연결 쇠가 접혔다 펴졌다 하면서 열리거나 닫히는 덧문이었다. 그 문을 어머니는 자바라라고 불렀다. 현관뿐 아니라 아래위층에 있는 창문마다 자바라가 설치되었다. 담장 위에는 위풍당당한 쇠창살이 빙 둘러 박혔다.

어머니는 밤마다 2층에 있는 안방에서 아래층을 향해 소리쳤다. "현관 자바라 닫았니?" 그러면 방에서 우리와 함께 텔레비전을 보고 있던 윤자 언니가 튀어나가 자바라를 닫고 자물쇠를 채웠다. 묵직한 미제 자물쇠였다. 어머니는 여자들만 있는 집이라 밤에 문단속을 잘해야 한다고 노래를 불렀다. 도둑

들은 그런 집을 귀신같이 알아차린다는 것이다. 그럼 아버지는 이제 집에 영영 안 오나. 나는 의아했다. 아버지가 없으면 돈은 누가 벌어오지.

아버지가 집에 아예 발길을 끊은 것은 어머니가 돈을 찢은 바로 다음날부터였다. 전날 아버지는 통행금지 시간이 다 되어서 집에 돌아왔다. 이틀인가 사흘 만이었다. 늦은 시각이었음에도 어머니의 목소리가 다른 때보다 높았고, 급기야는 비명을 질러댔다. "아이고, 이제는 사람을 치네. 그래 나를 죽여라, 죽여!" 바람피우는 남편이 나오는 일일연속극을 틀어놓은 것인가 헷갈릴 정도였다. 평소에도 날카로운 편인 어머니 목소리가 불안할 정도로 격앙되자, 윤자 언니와 나는 계단 중간까지 살금살금 올라가보았다. 거실을 사이에 두고 안방과 마주 보고 있는 방에서도 첫째 언니와 둘째 언니가 밖으로 나오는 기척이 들렸다. 쿵, 하는 심상치 않은 소리가 들렸을 때, 네 사람 모두 열려 있는 안방 방문 앞으로 모여들었다.

어머니가 바닥에 널브러져 있었다. "이런 집구석에 들어오고 싶겠냐고. 에이, 쌍." 아버지가 욕설을 내뱉으며 어머니의 배 위에 돈다발을 던졌다. 대자로 누워 가쁜 숨을 몰아쉬던 어머니가 흐느적거리면서 일어나더니 돈다발을 움켜쥐었다. 처음에는 어머니가 돈을 세는 건가 했다. 그게 아니었다. 종이 끈을 풀고 돈을 찢기 시작했다. 어머니도 생각이 있으니, 수습이 안 될 정도로 조각조각 찢은 건 아니었다. 정확하게 반으로 찢

긴 만 원짜리 지폐가 방바닥에 수북이 쌓였다. 첫째 언니가 방으로 들어가 어머니를 말리는 사이에, 윤자 언니가 찢어진 돈을 모아서 갖고 나왔다. 어머니를 침대 위에 눕히고 언니는 방문을 닫고 나왔다. 우리는 2층 거실에 모여 찢어진 지폐의 짝을 일일이 찾았고, 그것을 잘 맞춰 투명 테이프로 붙였다. 문이 닫힌 안방에서 어머니의 흐느끼는 소리가 간혹 흘러나올 뿐 더이상 소란은 없었다.

"돈을 왜 찢지. 이렇게 찢어진 돈을 쓸 수 있을까."

둘째 언니가 낮은 목소리로 중얼거렸다.

"엄마가 저렇게 난리를 치니까 아빠가 집에 들어오기 싫은 거야."

첫째 언니가 손등으로 눈물을 훔치며 울먹였다. 내 생각은 달랐다. 아버지는 아들이 없어 마음 붙일 구석이 없다며 늘 투덜거렸다. 그러니까 집안에 딸들만 득실거리는 게 싫은 것이다. 언니들은 그나마 첫번째와 두번째로 태어난 딸이라 거기까지 생각이 미치지 못한다. 아버지는 네번째 딸로 태어난 동생을 가장 나쁜 잘못으로 생각하겠지. 가장 나쁜 잘못을 아슬아슬하게 피해갔지만 아마도 세번째 딸인 나 또한 잘못이라 여길 것이다. 그래서 나도 아버지를 '잘못'이라고 생각하기로 했다. 어머니가 우리 네 자매에게 미제 새알 초콜릿의 개수를 세어 똑같이 나눠주면서 늘 말하는 것처럼, "그래야 공평하다".

아버지가 어머니에게 돈을 던지는 장면은 텔레비전 연속극보다 더 혼을 쏙 빼는 구경거리였다. 방바닥에 널브러져 몸부림치는 어머니의 배 위로 두툼한 돈다발이 몇 뭉치 떨어졌다. 몸 위에 돈다발을 얹고 있으니 어머니는 사람이 아니라 개구리나 바퀴벌레처럼 보였다. 나는 똑똑히 기억해두었다. 사람을 사람 아닌 것처럼 보이게 하는 방법. 누워 있는 사람 위로 무엇인가를 던진다. 돈은 던지지 않는 게 좋다. 누워 있던 사람이 벌떡 일어나 모두 찢을 수도 있다.

이런 것도 불행인가. 찢어진 돈을 붙이다가 퍼뜩 떠오른 생각이었다. 그 무렵 나는 윤자 언니가 읽는 『별들의 고향』이나 『갈 수 없는 나라』를 뒤적이곤 했고, 그 속에서 발견한 불행이라는 단어에 꽂혀 있었다. 불행이란 무엇인가. 연탄가스처럼 슬그머니 주위에 똬리를 틀기 시작하는 것이다. 아버지가 갑자기 죽어버리고 우연히 만난 남자와 사랑에 빠지게 되면, 혹은 조심성 없이 새벽이나 밤길을 홀로 걷다보면, 여자들은 덫에 걸린 쥐처럼 불행에 사로잡혀 헤어나지 못한다. 결국 술에 취해 맨발로 눈길을 헤매다가 쓰러져 얼어죽거나 얼음처럼 차가운 호수에 몸을 던지는 일이 벌어진다. 소설책을 덮을 때마다 나는 절대로 사랑에 빠지지 않을 것이고 어두운 길을 혼자 걷는 어리석은 짓을 저지르지 않겠다고 다짐했다.

어떤 일을 하지 않겠다고 굳게 다짐할수록 이상하게도 그 생각이 머릿속에서 떠나지 않게 마련이다. 그리하여 담장 위로 올라가 쇠창살에 매달려 있다가 그 애와 눈이 마주친 순간에도 바로 그 생각을 떠올리고 말았다. 절대로 사랑에 빠지지 않겠다는 생각을.

그날은 아침부터 윤자 언니가 고래고래 고함을 질러댔다. "일어나! 빨리! 늦었어!" 알고 보니 윤자 언니가 늦잠을 잤다. 그것은 곧 온 집안 식구의 하루 시작이 늦어진다는 의미였다. 고등학생 중학생인 두 언니는 아침밥을 생략하고 도시락만 챙겨서 황급히 나갔다. 나는 윤자 언니의 고함을 못 들은 척하며 이불을 얼굴까지 뒤집어쓰고 있었다. 윤자 언니가 이불을 잡아챘으나 도로 이불을 당겨 몸에 둘둘 말았다. 어머니가 2층에서 내려와 히스테리 폭발을 일으키기 전까지 윤자 언니와 나는 이불로 줄다리기를 하고 있었다. 밥을 먹고 나니 아침 자습을 시작할 시간이었다. 도시락을 챙겨서 허둥지둥 버스 정류장을 향해 걸어갈 때부터 뭔가 찜찜했다. 그때까지만 해도 찜찜함의 정체를 분명히 알 수 없었다. 이미 1교시 수업을 시작해서 아무도 없는 학교 운동장을 가로지르다가 깨달았다. 집 앞 구멍가게에 갈 때나 끌고 다니는 분홍색 쓰레빠를 신고 있다는 사실을.

교실로 그냥 들어갈 것인가, 집에 가서 신발을 갈아 신고 올 것인가. 잠시 망설이다가 몸을 돌려 집으로 향했다. 처음에는 신발만 갈아 신을 생각이었다. 하지만 생각이 바뀌었다. 버스 정류장이 아니라 집을 향해 걷기 시작했다. 세 정거장밖에 안 되는 거리였다. 학교에 돌아가지 않아야 할 이유는 얼마든지 있었다. 아버지가 사라진 뒤 어머니는 학기 초엔 반드시 봉투를 들고 담임에게 인사를 해야 한다는 학부모의 의무를 잊고 있었다. 덕분에 나는 담임으로부터 적잖이 구박과 수모를 당하고 있는 터였다. 쓰레빠를 끌고 등교하는 바람에 다시 집에 갔다 왔다고 말해도 담임은 믿지 않을 것이다. 귀를 잡아당기거나 막대기로 손바닥을 때릴지도 모른다. 차라리 하루 결석하고 난 뒤 아파서 학교에 못 왔다고 말하는 게 낫다. 어떤 어른들은 거짓말을 더 좋아한다. 문제는 집에 있을지도 모를 학부모인데 요즘 연쇄 폭발 중이라 이 시간에 집으로 돌아온 나를 보면 다시 노발대발할 것이다. 나는 집에 몰래 들어가 옥상에 올라가 있든가 계단 밑 다락에 숨든가 해야겠다고 마음먹었다.

우리 동네는 깊은 V자형 골짜기의 양옆 산비탈에 집이 드문드문 들어서면서 주택가가 만들어진 곳이었다. 시멘트 도로가 동네를 가로질러 가파른 언덕으로 뻗어 있었다. 간신히 차 두 대가 스쳐지나갈 수 있는 넓이였다. 도로는 아마도 사람이 모여들어 살기 전에는 개울이었을 것이다. 비가 많이 오면 길 위로 물이 흐르곤 했으니까. 우리 집은 도로의 오른쪽 산비탈에 있었다. 비스듬한 땅 위에 집을 지은 탓에 대문이 있는 쪽 담장은 여느 담장만큼 높지만, 산과 맞붙어 있는 뒤편 담장은 낮았다. 쇠창살을 박기 전만 해도 나의 가슴 높이밖에 되지 않았다.

나는 열두 살치고는 키가 큰 편이었다. 슬래브 형태의 옥상과 담장 사이의 거리는 어른 걸음으로 한 걸음 정도밖에 되지 않았다. 뒷산에 올라가서 놀다가 다시 산길을 빙 둘러 내려오기 귀찮을 때, 집 뒤편 담장 위로 올라가 옥상으로 건너뛰어 집에 들어가곤 했다.

쓰레빠를 끌고 뒷산에 오를 때만 해도 집에 몰래 들어갈 일을 별로 걱정하지 않았다. 막상 담장 앞에 서니 쇠창살의 존재가 새삼스럽게 다가왔다. 처음에는 장애물이라기보다는 붙잡고 올라갈 손잡이로 맞춤하게 보였다. 일단 비스듬히 기울어진 쇠창살에 들고 있던 책가방을 걸었다. 담장 위로 기어올라가려 애쓰다보니, 사선으로 기울어진 쇠막대기의 뾰족한 끝이 정확하게 내 몸을 겨냥했다. 가까스로 쇠창살 사이의 공간으로 몸을 밀어넣어 담장 위에 올라섰으나, 이번에는 똑바로 솟아 있는 쇠창살까지 위협적으로 느껴졌다. 서 있기도 위태로운 상태에서 허리 높이까지 솟아 있는 두 방향의 쇠창살을 동시에 넘어가야 했다.

나는 쇠창살을 가로지르는 두 개의 쇠막대 중 아래쪽에 올라가 간신히 중심을 잡으며 다리 한쪽을 들어올렸다. 반대쪽으로 막 넘어가려는 순간, 들어올린 발에 걸려 있던 쓰레빠 한 짝이 담장 밑으로 떨어졌다. 어쩔 수 없이 어중간한 자세로 몸을 뒤로 돌려 아래를 내려다보았다. 그때 누군가가 산길로 올라오는 게 눈에 띄었다. 키가 훌쩍 커버려 짧아진 체크무늬 치마가 들려 있는 상태라 난감했다. 할 수 없이 서둘러 다리를 내려 쇠막대기에서 내려오다가 중심을 잃고 몸이 쇠창살에 살짝 찔렸다. 아픔보다 피부를 뚫고 들어오는 차가운 쇠붙이의 느낌이 충격적이었다. 담장 근처까지 온 사람이 걸음을 멈추고 나를 바라보았다. 바로 그 애였다. 눈이 마주쳤다.

나는 곧장 아래로 떨어졌다. 담장이 워낙 낮아서, 떨어진 게 아니라 스스로 뛰어내린 것에 가까웠다. 치맛자락을 내리며 허겁지겁 일어서는데 가슴 바로 아래쪽에 빨간 얼룩이 눈에 띄었다. 하늘색 티셔츠 위로 피가 배어 나와 번지고 있었다. 당황해서 그 애 쪽을 돌아보았다. 그때까지 멈춰서서 나를 바라보고 있던 그 애는 고개를 돌리더니 아무것도 보지 못했다는 듯 앞으로 걸어가기 시작했다. 나보다 한두 뼘쯤 키가 컸으나, 빡빡머리가 아니었고 교복도 입지 않았다. 중학생이 아니었다. 셔츠인지 점퍼인지 알 수 없는 허름한 옷을 입고 있는 모습이 국민학생처럼 보이지도 않았다. 그저 소년이었다. 소년. 갑자기 가슴께가 욱신거렸다. 허벅지 윗부분 어딘가에서도 통증이 느껴졌다.

쇠창살에 찔린 곳이 어딘지 살피고 있는데, 인기척이 났다. 흰색 와이셔츠를 입은 남자 어른이 어느 틈엔가 그 애가 서 있던 자리에 나타났다. 이상한 일이었다. 동네 아이들과 몰려다니며 뒷산에서 놀 때 남자든 여자든 어른을 만난 적은 한 번도 없었다.

"다쳤니?"

"아뇨."

남자가 검은 뿔테 안경을 고쳐 쓰면서 나를 향해 한두 걸음 가까이 다가왔다.

"피가 나는데? 다친 거 같다."

남자는 쇠창살에 걸려 있는 내 책가방을 흘낏 바라보더니 다시 물었다.

"담을 넘으려고 한 거니?"

"아…… 여기 우리 집인데요. 문이 잠겨서, 집에 아무도 없어서."

"응. 너희 집인 거 알아. 딸부잣집."

남자는 쇠창살에 걸려 있는 책가방을 몇 번 잡아당겨 쉽게 내리더니 나에게 건네주면서 말했다.

"우리 집에 가자. 쇠붙이에 찔린 상처는 소독해야 해. 파상풍에 걸릴 수도 있어."

그 애가 걸어가는 모습이 저만치 앞에 보였다. 낯선 사람을 따라가면 안 된다는 생각과 어디 가서 시간을 보낼 곳이 필요하다는 생각이 엇갈리고 있었다. 한편으로는 그 애의 모습이 내 시야에서 사라질까봐 초조하기도 했다. 소년은 어색하게 꼿꼿한 자세를 유지하면서 걸어갔다.

우리 집을 기준으로 뒷산이라고 부르고는 있었지만, 그곳은 울창한 숲이 펼쳐지거나 가파르고 험한 경사면이 있는 진짜

산은 아니었다. 군데군데 바위가 있고 그 사이로 잡목이 우거진 야트막한 언덕에 불과했다. 바위들 사이로 오솔길을 따라 올라가면 앵두나무 덤불이 있고, 허술한 철조망 울타리가 나타난다. 우거진 잡초 사이에 키 작은 나무들이 구부정한 가지를 어깨동무하듯 지지대에 의지하고 서 있다. 동네 아이들은 그곳이 포도밭이라고 했지만, 포도가 열린 것을 본 적은 없다. 방치된 포도밭을 지나면 우리 동네를 이루는 언덕의 가장 높은 지점과 만난다. 그러니까 동네의 중심을 가로지르는 시멘트 도로가 끝나는 곳이다. 동네 사람들이 돌집이라고 부르는 저택이 그 자리에 있었다. 그 집에는 대문도 마당도 없었다. 흔히 볼 수 있는 빨간 벽돌이나 페인트칠한 시멘트벽으로 마감한 집이 아니었다. 큼지막한 회백색 돌들을 높이 쌓아올린 축대 위에 한 치의 빈터도 없이 직사각형으로 지은 집이었다.

남자는 축대의 정중앙에 길게 뻗은 돌계단을 성큼성큼 올라가 나무로 된 현관문 앞에 멈춰섰다. 그리고 주머니에서 구릿빛 열쇠를 꺼냈다. 빛바랜 나무문이 기분 나쁜 소리를 내면서 열렸다. 집안 공기는 싸늘하고 축축했다. 익숙한 냄새가 났다. 지하실에 들어가면 맡을 수 있는, 곱등이와 그리마의 냄새였다. 남자는 나에게 소파에 앉으라고 했다. 상처를 소독해주겠다면서 어디론가 들어가서 소독약과 솜과 핀셋 같은 것들을 갖고 나왔다. 나는 괜찮다고 말했다. 괜찮다고, 괜찮다고, 괜찮다고, 이제 피가 멈췄으니 나중에 집에 가서 약을 바르면 된다고 다섯 번쯤 되풀이해서 말했다. 남자는 마침내 고개를 끄덕였다.

"주스라도 마시겠니?"

"아뇨. 괜찮아요."

대답은 그렇게 했지만, 남자가 오렌지주스처럼 보이는 밝은 주황색 음료수가 담긴 유리컵을 내밀었을 때, 주저하지 않고 받았다. 주스에서는 예전에 어머니가 미제 물건 장수에게 받아오던 탱가루 맛이 났다. 잇몸이 근질근질해지는 시큼하고 다디단 맛. 몇 년 전부터 우리 집에서는 유리병에 든 선키스트 오렌지주스를 마셨다.

주스를 마시면서 나는 돌집 축대 바로 앞에서 소년이 어디로 사라진 건지 궁리해보았다. 내가 알기로는 우리 동네의 끝은 돌집이었다. 돌집 뒤로 가본 적은 없지만, 멀리서 보기에는 아이들이 감히 올라가볼 꿈도 못 꿀 높고 가파른 바위산이 그 뒤에 버티고 서 있었다. 나는 그 애가 축대 앞까지 걸어가는 모습을 분명히 보았다. 그러고 나서 감쪽같이 사라졌다. 도대체 어디로 간 것일까. 날아갔나? 남자에게 소년을 아는지 물어볼까 하다가 그만두었다. 남자애에게 관심이 있다는 것을 어른에게 노골적으로 드러내면 안 될 것 같았다.

"음악 들을까?"

"음악이요?"

남자는 소파 건너편에 놓인 책장 앞으로 걸어갔다. 책장에 가지런히 꽂혀 있는 것들은 책이 아니라 레코드판이었다. 전축과 스피커도 보였다. 남자는 전축 뚜껑을 열고 레코드판을 올려놓았다. 음악이 흐르기 시작했다.

"이거 오카리나 소리다. 맞죠?"

무슨 말이라도 해야 할 것 같아서 아는 척을 해보았다. 언젠가 〈새소년〉이라는 잡지의 부록으로 '천사의 소리가 나는 신비의 악기 오카리나'를 준다는 광고를 보았다. 어머니는 어린이잡지를 한 달에 딱 한 권만 사줬는데, 그래서 우리 자매들은 〈새소년〉을 살 것인가, 〈소년중앙〉을 살 것인가 말다툼을 벌이곤 했다. 하지만 그달에는 만장일치로 〈새소년〉을 샀다. 그렇게 얻게 된 오카리나는 아무리 애를 써도 소리가 나지 않았다. 그러니 진실을 말하자면 나는 오카리나 소리 같은 건 들어본 적도 없었다.

"오카리나? 저 노래 제목은 〈엘 콘도르 파사〉야."

"엘 콘도르 파사가 무슨 뜻이에요?"

"콘도르는 날아가고."

날아간다는 걸 보니 콘도르는 새 이름인 듯했다.

"'날아갔다'가 아니라 '날아가고'예요?"

남자는 아무 대답도 하지 않았다. 노래를 들으면서 나는 예전에 소년을 본 적이 있는지 기억을 더듬어보았다. 아무리 생각해봐도 처음 보는 얼굴이었다. '엘 콘도르 파사'라는 낯선 말처럼.

쇠창살에 찔린 상처는 두 군데였다. 옷을 벗고 살펴보니 정확하게 동그란 작은 구멍이 가슴이 끝나고 배가 시작되는 부분, 그리고 배가 끝나고 허벅지가 시작되는 부분에 하나씩 뚫려 있었다. 다리 쪽 상처는 사선으로 뻗은 쇠창살에, 가슴 쪽 상처는 위로 솟은 쇠창살에 찔린 것 같았다. 삼지창에 꽂힌 개구리처럼 버둥거리는 내 모습을 그 애는 보았을 것이다. 상처에 캄비손 연고를 바르면서 그때의 상황을 되짚었고, 그럴 때마다 창피해서 죽고 싶었다.

"너 이거 뭐야?"

다음날 윤자 언니가 피 묻은 티셔츠와 흰색 타이츠를 들이밀며 물었다. 내가 벗어서 빨래통에 던져놓은 것이었다.

"산에서 놀다가 조금 다쳤는데. 왜?"

"옷에 빵꾸났잖아. 그리고 피는 빨아도 잘 안 지워져."

"그럼 버려."

"엄마한테 이른다?"

하지만 나는 윤자 언니가 어머니에게 아무 말도 하지 않으리라는 걸 알고 있었다. 내가 어머니에게 다쳤다는 말을 굳이 하지 않는 것과 같은 이유일 것이다. 며칠 뒤 상처에는 딱지가 앉았고 그러고 나서 며칠이 더 지나서는 작은 분홍빛 동그라미 두 개가 남았다. 수치심도 옅어졌다.

그러는 동안 길에서 우연히 소년을 두세 번 보았다. 몇 번이

나 보았는지 정확하게 모르겠다. 내 마음속에서는 매일 본 것 같았으니까. 늘 오후 2시쯤 학교에서 돌아오는 길이었고, 동네로 들어서는 언덕의 초입에서 마주쳤다. 처음 만났을 때처럼 그 애가 갑자기 눈앞에 나타나서 내 앞에 서 있었다. 서로 마주 바라보았는데, 그 순간 초여름 햇빛 속에 서 있던 내 몸이 햇빛과 똑같이 투명해졌다. 나는 멈춰섰고, 그 애는 천천히 지나갔다. 그 애는 알아봤을까. 내가 쇠창살에 찍힌 개구리가 아니라는 것을. 잠깐은 반짝이기도 한다는 것을. 그 애의 눈빛이 시시각각 미세하게 변하는 것을 나는 감지할 수 있었다. 헛되이 그 변화의 의미를 해석하려 애쓰기도 했다. 머릿속은 온종일 망가진 레코드판처럼 그 생각의 언저리를 멈추지 않고 맴돌았다. 그 애라는 사태에서 두드러지게 이상한 부분은 바로 그것이었다. 알아낼 수 있는 것은 아무것도 없는데 다른 생각은 전혀 할 수 없다는 것. 나는 밤마다 내일 다시 그 애와 눈이 마주칠 수 있기를 바라면서 잠들었다.

여름방학이 시작되었다. 아버지는 여전히 집에 없었고, 어머니는 종종 술에 취해 밤늦게 집에 돌아왔다. 만화책과 소설책에 빠져들면서 나는 동네 아이들과 자주 어울리지 않게 되었다. 그러나 오전 오후에 한두 차례씩 할일 없이 동네 언덕을 오르락내리락하는 것을 잊지 않았다. 만화책을 빌리러 간다든가 윤자 언니의 심부름을 한다는 핑계가 있기는 했으나 진짜 이유는 따로 있었다. 늘 그렇듯 소망은 쉽게 이루어지지 않았다.

　어느 날 저녁이었다. 어슴푸레 날이 저물고 있었으나 여름
한낮의 뜨거운 열기가 식지 않아 공기는 후덥지근했다. 언덕
저 아래에서 올라오는 두 사람이 있었다. 뒤에 따라오는 사람
이 그 애라는 것을 알고 심장이 두근거리기 시작했다. 두 사람
이 동행이라는 사실을 눈치챈 뒤 나는 서너 걸음 앞서서 올라
오고 있는 덩치 큰 남자를 유심히 살펴보았다. 술 취한 사람이
었다. 부어오른 검붉은 얼굴과 비틀거리는 걸음걸이로 쉽게
알아차릴 수 있었다. 남자는 소년의 아버지일까? 그렇다고 생
각하기에는 너무 늙어 보였지만, 할아버지라고 하기에는 한
걸음 뒤로 물러나 있는 태도 같은 게 없었다. 그 애의 고삐를
쥐고 있는 사람처럼 보였다. 남자가 가까이 다가오자, 나는 슬
금슬금 도로 한구석으로 비켜섰다. 한쪽 손에 긴 톱을 들고 있
었기 때문이다. 남자는 내 쪽을 흘낏 바라보았으나 정말로 나
를 본 것은 아니었다. 얼굴을 맞댄다고 해도 눈이 마주치지는
않는 사람들이 있다.

　여느 때와 마찬가지로 그 애는 아무 표정도 없었다. 손잡이
가 달린 네모난 나무통을 들고 있었는데, 얼핏 보았을 때는 구
두닦이들이 들고 다니는 연장통 같았다. 가까이에서 보니 망
치와 끌, 자귀 같은 것들이 삐죽삐죽 튀어나와 있었다. 그 애
의 다른 쪽 손에는 양은 주전자가 들려 있었다. 아주 천천히 걷
고 있었음에도 한 걸음씩 옮길 때마다 주전자 주둥이에서 막

걸리가 흘러나왔다. 무심코 나는 『헨젤과 그레텔』을 떠올렸다. 막걸리 흘린 자국을 따라가면 쟤네 집이 어딘지 알 수 있겠구나,라고 생각했다. 그 순간 앞만 보고 걷던 소년이 갑자기 고개를 돌려 나를 바라보았다. 그 애는 어처구니가 없다는 듯이 입술을 살짝 일그러뜨리며 웃었다. 그 자리에 서 있는 나와 그 상황이 하찮고 성가셔죽겠다는 표정이었다. 얼굴이 확 달아올랐다. 갓 쪄낸 찐빵 냄새 같은 단내를 남기고 두 사람이 사라진 뒤, 나는 한동안 그 자리에 서 있었다. 『헨젤과 그레텔』 따위를 떠올린 나 자신은 한낱 꼴사나운 어린아이에 지나지 않았다.

그날 이후 나는 소년의 모습을 한 번도 보지 못했다. 여름방학이 끝났고, 새 학기가 시작되었다. 무작정 동네를 헤매는 일도 그만두었다. 학교에서 돌아오면 마당에 있는 감나무 가지 위에 올라가 있곤 했다. 나뭇잎들은 바람이 부는 대로 일렁이고 반짝였다. 그러다가 곧 고요해졌다. 그 속에 혼자 앉아 내 몸속에 차올랐다가 빠져나가버린 게 무엇일까 생각해보곤 했다. 무엇인가가 있긴 있었다. 꼭 하고 싶은 이야기 같은 건데, 말로는 나오지 않는 것. 눈물이나 한숨에 가깝지만 그렇게 선명하지는 않은 것.

언니들 방의 책상 위에서 수첩을 하나 발견했다. 만화나 꽃그림이 흐릿하게 인쇄된 흔한 표지가 달린 수첩이 아니었다. 표지는 분홍색이었고 속지는 줄이 그어져 있지 않은 백지였다. 보통 수첩의 크기보다 크고, 학교에서 쓰는 공책보다는 작왔다. 스프링으로 엮은 게 아니라 두꺼운 실로 꿰매어져 있었다. 나는 그것을 몰래 집어왔다. 책상 서랍 깊숙이 감춰두었다가 이따금 꺼내어 무엇인가를 끄적였다. 누가 시켜서 하는 숙제나 일기도 아닌데, 정말로 쓰고 싶어서 글을 쓰기는 처음이었다.

동네 언덕에 빨간색 자동차가 오르내리기 시작했다. 텔레비전에서 광고하는 포니였다. 온갖 어려운 테스트를 통과해서 세계 40개국에 수출한다고 했다. 동네 아이들 사이에서는 오늘 빨간 차를 몇 번이나 보았는지가 화제가 되곤 했다. 이전까지 자가용 자동차가 드나드는 집은 우리 집뿐이었다. 아버지가 출퇴근할 때 타고 다니던 검은색 크라운인데, 기사 아저씨가 운전했다. 아버지가 사라지면서 검은 자동차도 오랫동안 나타나지 않았다.

검은색 아니면 어쩌다가 흰색 자동차만을 보던 이들에게 빨간색 차는 충격이었다. 정확히 말하면 빨강이 아니라 자주에 가까웠지만. 어머니는 "빨간색이라고? 흥, 불자동차인 줄 알겠다" 하며 못마땅해했다. 나는 동네 아이들 틈에 섞여 돌집 앞 공터에 주차해놓은 포니를 구경하러 갔다. 크라운보다 작았고, 지붕에서 가파른 사선으로 기울어져 트렁크로 떨어지는 뒷부분이 짧았다. 뒷좌석으로 올라타는 문도 없었다. 〈주말의 명화〉에 등장하는 외국 차처럼 보이기도 했다. 어느 틈에 올라왔는지 윤자 언니도 아이들 사이에 끼어 차를 구경하고 있었다. 언니는 내 옆으로 와서 속삭였다. "이 집에 들어가봤다며? 주인한테 차 좀 태워달라고 해봐." 그때까지 나는 돌집 남자가 대학생인 줄 알았다. 자동차를 운전하는 걸 보니 내 짐작보다 훨씬 나이가 많은 사람인가 싶었다.

학교가 늦게 끝나고 집에 오는 길이었다. 수업이 많은 금요일이었고 청소 당번이기도 했다. 버스 정류장에 내려 동네 초입까지 걸어오는 동안 늘 그렇듯이 가파른 언덕배기를 올라갈 생각에 저절로 한숨이 나왔다. 갑자기 빨간 차가 내 바로 옆에 멈춰섰다. 운선석 창문이 열리더니 돌집 남자의 일굴이 나타났다.

"집에 가니?"

"네."

"태워다줄게."

나는 조수석 쪽으로 달려갔고 남자는 문을 열어주었다. 처음 보았을 때처럼 흰 셔츠를 입고 있는 남자는, 예전에는 의식하지 못했는데, 피부가 섬뜩할 정도로 창백했다. 자동차는 금세 언덕으로 진입했고 속도를 내어 한달음에 올라갔다. 내 걸음으로 15분쯤 걸리는 길이었다. 어쩐 일인지 차는 우리 집 앞을 그냥 지나쳤다. 나로서는 자동차를 타고 언덕을 올라가는 게 신이 났으므로 내려주지 않아도 괜찮았다. 어차피 돌집에서 우리 집까지는 내리막길이라 뛰어가면 5분도 안 걸렸다.

돌집 앞에서 차가 섰다. 시동을 끄고 나서 남자는 내릴 생각이 없는 듯 한참 동안 앞 유리창 밖을 바라보고 있었다. 인사를 하고 내릴 적절한 순간을 놓쳤다는 낭패감이 밀려왔다. 남자가 하나 마나 한 말을 늘어놓는 어른이 아니길 바랐다.

"다친 데는 잘 아물었니?"

"네."

처음에는 무슨 말인가 싶었으나, 나도 잊고 있던 것을 남자가 기억하고 있다는 사실에 놀랐다.

"다행이다. 덧나지 않아서."

이제 아무렇지도 않아요,라고 말하면서 무심코 나는 가슴 언저리의 상처 부위를 손으로 만져보았다. 그때 남자의 손이 다가와 정말 아무렇지도 않게 내 손이 지나간 자리를 쓰다듬기 시작했다. 길고 집요하게. 나는 고개를 숙인 채 밋밋한 가슴 위에서 연체동물처럼 움직이고 있는 창백한 손을 내려다보았다. 이건 뭐지? 어리둥절했다. 늦가을 오후의 나른한 햇빛이 앞 유리창을 통해 흘러들어왔고, 납득할 수 없는 손길은 납득할 수 없게 뜨거워졌다. 뜨거운 손길이 지나간 자리에 단단하고 아픈 멍울이 생겨나면서, 차 안에 꼽등이와 그리마의 냄새가 가득 차올랐다. 배 속에 들어 있는 모든 것을 게워내고 싶었다. 창문 쪽으로 고개를 돌렸다.

뜻밖에도 창밖에서 누군가가 차 안을 지켜보고 있었다. 유령처럼 돌집 앞에 서 있는 사람은 소년이었다. 그 애를 발견한 순간 머릿속에서 번개가 치듯 집에 가야겠다는 생각이 들었다. 나는 남자의 손을 밀치고 자동차 문을 열었다. 가방을 들고 언덕 아래로 달려가는 내 모습을 그 애가 지켜보았을 것이다.

메슥거리는 속을 가라앉히려 방바닥에서 뒹굴고 있는데 윤자 언니가 부엌에서 나를 불렀다. 저녁밥상을 방으로 같이 들여가자는 거였다. 언니들이 밥을 먹으러 아래층으로 내려왔다. 낌새가 이상했다. 내 얼굴을 보더니 서로 눈짓을 주고받으며 피식피식 웃었다.

"오, 내가 너를 얼마나 사랑하는지 아니."

"오, 우리의 눈이 마주치던 순간을 죽을 때까지 잊을 수 없을 거야."

"오, 너를 다시 한번 볼 수 있다면 영혼이라도 팔 수 있어."

둘째 언니가 내 수첩을 펼쳐서 읽고 있었다. 오,라는 감탄사를 붙이며 한줄 한줄 읽을 때마다 방안에 있는 사람들이 낄낄거렸다. 내가 쓴 글이 분명했지만, 사람들 앞에서 읊고 있는 것을 들으니, 그런 쓰레기를 내가 썼다는 게 믿어지지 않았다. 벌거벗고 방안을 뛰어다니는 기분이었다. 믿었던 윤자 언니까지 웃고 있었다. 예전에 둘째 언니가 "나 오늘 윤자 언니 남자 친구 봤어. 버스 정류장 앞에서 구두 닦고 있더라?" 하고 놀렸을 때 얼굴에 떠오르던 허탈한 웃음이었다.

나는 둘째 언니에게 달려들어 수첩을 빼앗았다. 왜 남의 일기를 몰래 읽느냐고 소리를 지르며 내가 아는 모든 쌍욕을 내뱉었다. 언니는 그 수첩은 자기 것인데 말도 안 하고 가져간 내가 도둑년이며, 조그만 계집애가 술집 년처럼 발랑 까졌다고 했다. 나는 언니의 머리채를 휘어잡았다. 밥상 앞에서 몸싸움이 벌어졌다. 중학생인 언니가 더 힘이 셌다. 게다가 남의 수첩을 도둑질했고, 징그러운 말들을 몰래 써놓은 죄가 있는 나는 이길 수 없었다. 결국 나는 수첩을 갈기갈기 찢으면서 목놓아 우는 것으로 패배를 인정했다.

억울해서인지 저녁을 먹지 않아 배가 고픈 탓인지 잠을 이룰 수 없었다. 뒤척이다가 벌떡 일어나 앉았다.

"왜 그래?"

옆에서 코를 골며 자던 윤자 언니가 잠꼬대하듯 물었다. 동생은 또 방 저쪽까지 굴러가서 자고 있는지 숨소리도 들리지 않았다.

"나 잠깐 나갔다 올게."

"그러길래 왜 경희 물건에 손을 대고 그랬어. 야, 잊어버리고 그냥 자."

윤자 언니가 돌아누웠다. 나는 마루로 나가 부엌에 있는 성냥갑을 챙긴 뒤, 소리가 나지 않도록 조심조심 현관 자바라를 열고 밖으로 나왔다. 돌집에 불을 지를 계획이었다. 그렇게라도 해야 너덜너덜해진 마음이 원래대로 돌아올 것 같았다. 어둠 속을 걷는 것도 무섭지 않았다. 사랑에 빠지지 않을 거라는 맹세처럼 어둠 속에서 혼자 걷지 않을 거라던 맹세도 깨졌다.

돌집 앞에 이르렀을 때, 가로등 아래 주차된 빨간 차가 눈에 들어왔다. 그 옆에 검은 그림자 하나가 어른거렸다. 이번에는 놀라지도 않고 나는 그 애를 알아보았다. 어린나무처럼 좁은 어깨를 꼿꼿이 세우고 서 있는 소년. 심장이 두근거리지도 않았다. 주저하지 않고 그림자를 향해 다가갔다. 마치 칭찬이라도 받고 싶은 심정으로 주머니에서 성냥갑을 꺼내 보여주었다.

"겨우 그거야? 휘발유 깡통이라도 들고 왔어야지."

그 애는 입술을 살짝 일그러뜨리며 웃었다. 주머니에서 담배를 꺼내더니, 내가 건넨 성냥갑을 받아들고 불을 붙였다. 불붙은 담배를 입에 문 채 한 개비 더 꺼내서 불을 붙였다. 그리고 입에 물고 있던 담배를 나에게 건넸다. 별일 아니라는 듯 나도 무덤덤하게 받았다. 연기를 빨아들일 때마다 어둠 속에서 빨간 불씨가 활짝 피어났다. 예전에 동네 아이들과 피워봤을 때처럼 어지럽거나 메스껍지 않았다.

"너희 집은 어디야?"

연기를 뿜어내며 내가 물었다. 소년은 담배를 땅바닥에 버리면서 침을 뱉었다. 나도 똑같이 담배를 발로 비벼 끄고 침을 뱉었다.

"돌집 지하실에 살고 있어. 너는 알 수 있었잖아. 그런데 알려고 하지 않았어. 그렇지?"

그 애는 나에게 성냥갑을 돌려주었다. 그러면서 내 손바닥

위에 차가운 무엇인가를 올려놓았다.

"그것으로도 이길 수는 없을 거야."

소년은 어둠 속으로 사라졌다. 나는 손바닥 위에 놓여 있는 물건을 들여다보았다. 녹슬고 휘었으나 제법 큰 대못이었다. 바로 옆 가로등 불빛 아래 유난히 검붉게 번들거리는 포니가 서 있었다. 나는 상처가 아물어도 흉터는 남는다는 사실을 떠올렸다.

토요일 아침이었다. 윤자 언니가 고래고래 고함을 질러댔다. "일어나! 빨리! 일어나라고!" 늦잠을 잔 건 내가 아니라 윤자 언니, 너잖아. 나는 이불을 몸에 둘둘 말아서 뒹굴면서 호락호락 눈을 뜨지 않을 작정이었다.

"큰일났어. 대통령이 죽었대. 전쟁이 날지도 모른대!"

대통령이 죽었다고? 어떻게 그런 일이 일어날 수 있지? 그 사람은 내가 태어날 때부터 대통령인 사람인데. 저 돌집 뒤에 버티고 선 까마득한 바위산 같은 사람인데. 그런 사람이 죽을 리가 없다. 다들 죽었다고 믿어도 관 속에서 드라큘라 백작처럼 잠들어 있다가 다시 깨어날 것이다. 아니다. 이건 그냥 토요일 아침에 늦잠을 잔 윤자 언니의 잠꼬대 소동에 지나지 않을지도 모른다.

문득 잠이 덜 깬 머릿속에 어젯밤 소년을 만난 일이 떠올랐다. 꿈을 꾼 건가? 입안이 깔깔했다. 이불을 벗어던지고 일어

나 나의 오른손을 펴보았다. 불그스름한 녹물자국이 손바닥에
남아 있었다.

구름해석전문가

포카라는 정전이 잦은 곳이었다. 오전 10시나 11시쯤에는 전기가 끊어졌다. 이경은 노트북을 닫고 일어났다. 세탁비누와 생수 같은 것들을 사러 슈퍼마켓에 다녀올 작정이었다. 오늘은 한국 음식점에 가서 한 끼라도 제대로 먹어야겠다는 생각도 들었다. 낯선 곳에서 혼자 밥을 먹는 일에 쉽게 익숙해지지 않았다. 한국에 비하면 음식값이 터무니없이 저렴했고, 여행자들로 넘쳐나는 거리에서는 이경을 특별하게 바라보는 시선도 거의 없었다. 그것을 모르지 않았으나 그래도 이경의 몸이 꺼렸다. 포카라에 도착한 이후 끼니의 대부분을 호텔방에서 샌드위치나 컵라면으로 때웠다.

매대 위에 진열된 세탁용 가루비누는 두 종류였다. 분홍색 소포장과 하늘색 대용량 제품. 하늘색 포장은 속옷과 티셔츠

몇 장을 손빨래하는 정도라면 서너 달은 쓰고도 남을 것처럼 보였다. 포카라에 적어도 한 달 이상 머무를 계획이었다. 남으면 숙소에 두고 가면 될 것이다. 이경은 하늘색을 집어들었다. 나오는 길에 슈퍼마켓 입구에서 우산을 발견했다. 네팔의 3월은 건기라고 들었으므로, 한국에서 짐을 쌀 때 우산은 챙기지 않았다. 그럼에도 포카라에 온 첫날 오후부터 소나기가 쏟아졌다. 이경은 우산을 보고 망설이다가 그냥 지나쳤다.

한국 음식점을 찾아 거리를 거슬러올라갔다. 기념품가게와 등산용품점이 늘어선 중심가로 들어서자 빗방울이 떨어지기 시작했다. 이경은 슈퍼마켓으로 되돌아갈까 했으나, 어차피 곧 그칠 소나기일 거라는 생각에 마음을 접었다. 바람막이에 달린 후드를 끌어올려 썼다. 몇 발자국 걷기도 전에 굵은 빗줄기가 쏟아지기 시작했다. 가까운 가게의 차양 밑으로 뛰어들어갔다. 차양은 폭이 좁아서 벽에 몸을 붙여야 간신히 비를 피할 수 있었다. 운동화와 양말이 이내 젖어들었다.

흘끔흘끔 밖을 내다보는 가게 주인의 시선이 불편해지기 시작할 즈음, 이경의 귀에 익숙한 언어가 들렸다. 형, 원래 건기에도 비가 오는 거야? 우산 하나를 받쳐든 두 청년이 바로 앞으로 스쳐지나갔다. 나란히 걸어가는 두 사람의 뒷모습을 눈여겨보았다. 입고 있는 티셔츠 빛깔이 달랐을 뿐, 키도 몸집도 쌍둥이처럼 비슷했다. 이경은 형이라고 불린 사람이 무엇이라 대답했을지 궁금했다.

구글맵을 들여다보면서 이경은 이 골목 저 골목을 헤맸다. 이제 비는 우산을 쓰나 안 쓰나 별 차이가 없을 정도로 흩뿌리고 있었다. 코앞에 서 있는 간판을 보지 못한 채 두어 번 지나쳤다가 다시 돌아왔다. 흰색 페인트로 칠한 나무판자에 한글과 일본어, 중국어로 식당 상호가 나란히 적혀 있었다. 글씨라기보다는 그림을 그려놓은 형태였다. 식당은 ㄷ자 모양의 2층 목조건물이었다. 이경은 입구로 걸어들어갔다.

넓은 마당에 파라솔이 접힌 테이블 두 개가 있었다. 빗물에 젖은 테이블과 의자를 보고 이경이 머뭇거리자, 어디선가 소년 하나가 나타나 2층으로 올라가는 계단을 손으로 가리켰다. 가파른 나무계단을 오르니 지붕이 있는 테라스 형태의 공간이 나타났다. 단체 손님 한두 팀은 받을 수 있을 넓은 공간이었다. 한 테이블에만 손님들이 앉아 있었다. 이경은 두 사람을 알아보았다. 조금 전 할란초크의 상점 앞에서 곁을 지나쳐간 청년들이었다.

이경은 아는 사람을 만난 것처럼 주저 없이 두 사람에게 다가갔다. 한국 분들이시죠? 두 사람은 동시에 이경을 쳐다보았으나, 아무 말도 하지 않았다. 이경이 다시 물었다. 뭐 드시고 있어요? 테이블 위에는 김치찌개와 된장찌개가 놓여 있었다. 어느 게 더 맛있어요? 둘 다 맛있어요. 흰 티셔츠를 입은 청년이 이경과 눈을 맞추며 대답했다. 난처한 표정이었으나 목소리에는 배려하는 상냥함의 기미가 있었다. 맞은편에 앉아 있던 남색 티셔츠의 청년이 표정을 굳히며 슬그머니 테라스 난간 밖으로 시선을 돌렸다. 아, 그렇군요. 뒤늦게 머쓱함이 밀려왔다. 맛있게 드세요. 제가 이 집에 처음 와봐서. 이경은 말을 끝맺지 못하고 몸을 돌렸다.

가능한 한 두 사람과 멀리 떨어진 곳에 자리를 잡았다. 메고 있던 배낭을 내려놓으면서 이경은 비로소 자신의 행색이 어수선함을 의식했다. 비에 젖은 바람막이를 입고 머리카락이 온통 흐트러진, 눈치 없는 중년여성으로 보였을 것이다. 괜찮아, 괜찮아. 이경은 마음을 다독였다. 낯선 곳에서 고작 며칠을 지냈을 뿐이었으나, 말을 알아듣고 표정을 읽을 수 있는 사람들을 만난 반가움이 컸다. 그냥 말을 걸어본 것뿐이다. 멀리 왔으니, 예전에는 하고 싶어도 하지 않던 일들을 하는 것뿐이다.

이경을 2층으로 올려 보낸 소년이 메뉴판을 들고 다가왔다. 이경은 메뉴판을 열어보지도 않고 김치찌개를 주문했다. 등 뒤에서 한국어로 두런두런 이야기하는 소리가 들려왔다. 단어 한두 마디를 간신히 알아들을 수 있을 뿐 대화의 내용은 짐작하기 어려웠다. 이경은 관심을 기울이지 않으려 애썼다. 등을 꼿꼿이 세우고 스마트폰을 들여다보고 있었다. 무엇인가가 우당탕 쿵쾅 넘어지는 소리가 들렸다. 뒤돌아보았다. 두 사람이 자리에서 일어나 서로를 노려보고 있었다. 의자 하나가 통로 위로 나뒹굴고 있는 게 눈에 띄었다. 남색 티셔츠의 청년이 이경과 눈이 마주치자, 가방을 챙겨들고 걸어나갔다.

조심하세요, 계단이 미끄러워요. 밥을 다 먹고 아래층으로 내려오는데 계단 바로 아래에서 누군가 말을 걸었다. 흰색 티셔츠의 청년이 혼자 서 있었다. 비에 젖은 계단을 조심조심 내려오던 이경이 정작 그 소리에 놀라서 발을 헛디딜 뻔했다. 뭐 드셨어요? 물어보는 청년의 손에는 담배가 들려 있었다. 김치찌개요. 말씀하신 대로 맛있던데요. 이경은 자리를 떠나지 않고 청년이 담배를 다 피우기를 기다리며 서 있었다.

러시아에서 온 기타리스트래요. 청년의 눈길은 마당 한가운데의 테이블에 앉아 있는 백발의 노인을 향하고 있었다. 머리카락뿐 아니라 피부도 유난히 창백한 노인은 기타를 품에 안고 현을 조율하고 있었다. 이 집 주인 아들에게 기타를 가르친대요. 오늘 저녁에 연주회도 할 거래요. 청년은 쟁반을 들고 지나가는 소년을 향해 손을 흔들었다. 저 아이에게 들었어요. 소년은 두 사람에게 미소를 지어 보였다. 연주회에 오려면, 지금 예약해야 한대요. 이경은 잠시 혼란스러웠다. 같이 연주회에 오자는 건가? 그게 아니라 올 생각이 있으면 예약해야 한다고 알려주는 건가?

식당에서 나와 두 사람은 얼마쯤 나란히 걸었다. 비가 그친 뒤의 공기는 후텁지근했다. 진분홍빛 꽃송이들이 매달려 있는 나무 앞에서 걸음을 멈추었다. 길이 두 갈래로 갈라지는 지점이었다. 어느 쪽으로 가세요? 청년이 물었다. 이경은 어느 쪽 길이 숙소로 향하는 것인지 가늠할 수 없었다. 큰길로 나가 세탁비누를 샀던 슈퍼마켓까지 되짚어가야 할 것 같았다. 이경은 청년의 팔꿈치라도 잡고 싶은 심정으로 물었다. 혹시 바쁘지 않으시면, 커피 마시러 가지 않을래요? 그리고 황급히 덧붙였다. 제가 살게요. 청년은 커피도 맛있고 와이파이도 잘 터지는 커피숍을 안다고 했다.

커피숍은 레이크사이드의 현대식 건물 2층에 있었다. 손님이 많았으나 호수가 보이는 테라스 자리에 앉을 수 있었다. 카푸치노 두 잔을 주문한 뒤 서로에게 이름을 알려주었다. 이경은 상운에게 전문 산악인이냐고 물어보았다. 처음 보았을 때부터 상운과 친구가 산을 타는 사람들일지도 모른다고 추측하고 있었다. 히말라야 14좌를 차례로 정복하려는 계획에 대해 매스컴과 인터뷰를 하는 전문 산악인. 상운은 웃으면서 고개를 저었다. 나는 어떤 일을 전문적으로 해본 적이 한 번도 없어요. 그런데 전문가가 아닌 사람 중에서는 무슨 일이든 가장 전문가처럼 할 수 있는 사람이에요. 이경은 상운의 말을 이해할 수 없었으나 그래서 흥미로웠다. 상운은 이경에게 포카라에 혼자 온 거냐, 산에 가려는 거냐, 산에 안 가려면 뭐 하러 온 거냐, 연달아 물었다. 대답 끝에 이경은 나지막하게 말했다. 글을 쓰러 왔어요. 아, 그렇구나. 상운은 더는 궁금한 게 없는 듯 스마트폰을 들여다보았다.

그런데 건기에도 비가 오나봐요? 이경의 질문에 상운이 고개를 들었다. 아주 안 오는 건 아니죠. 제가 이 도시에 서너 번

왔는데, 요번 시즌에는 비가 자주 오는 거 같아요. 상운이 다시 폰을 들여다보더니 말을 이었다. 아까 저랑 같이 있던 친구 보셨죠? 여기로 오겠대요. 고개를 들어 이경을 바라보는 상운의 얼굴이 환했다. 그 아이는 진상이예요. 아니, 그런 진상이 아니라 이름이 임, 진, 상. 상운은 진상의 이름을 한 음절씩 끊어서 발음했다. 그런데 걔, 진짜 진상이에요.

잠이 오지 않았다. 이경은 그날 일어난 일들을 머릿속에서 되돌려보았다. 커피숍에서 나와 연주회를 보러 갔다. 예약 없이도 들어갈 수 있었다. 이경은 맥주를 주문했다. 상운과 진상은 술을 전혀 마시지 않는다고 했고, 탄산음료도 마다했다. 맥주는 음식보다 먼저 나왔고, 이경은 빠르게 두 병을 비웠다. 알전구로 장식한 나무 아래서 백발의 기타리스트가 연주했다. 청중은 열 명이 채 안 되었다. 연주회 내내 이경은 초점이 맞지 않는 영상처럼 여러 겹으로 흩어진 현실에 들어온 느낌이었다. 노인은 이경이 전혀 모르는 음악을 연주했으나, 처음 들어도 좋은 음악이었다. 연주회가 끝난 뒤 상운은 밤길이니 이경의 숙소까지 배웅해주겠다고 했고, 진상은 묵묵히 함께 걸었다. 이경은 골목의 어둠 속에서 말을 많이 했다. 기억이 이 지점에 이르렀을 때, 이경은 홑이불을 잡아당겨 머리끝까지 뒤집어썼다. 죄다 하지 않아도 될 말들이었다.

상운은 숙소 앞에서 헤어질 때 이경에게, 잘 자요, 작가 누나,라고 말했다. 이경은 한동안 홑이불 속에서 숨죽이고 누워 있었다. '작가 누나'라는 호칭이 머릿속에서 지워지지 않았다. 나도 소설을 쓰고 싶었어요. 이경이 말했을 때 선우는 코웃음을 쳤다. 그 나이 될 때까지 제대로 쓸 수 없으면, 영원히 못 쓰는 거예요. 이경은 침대에서 몸을 일으켰다. 화장대를 향해 걸어가 그 위에 놓인 노트북을 열었다.

화면에 'SWCLOUD'라는 노트북 이름이 나타났다. 이경은 그 아래 빈칸 속에 희미하게 적힌 '암호'라는 글자를 한참 바라보았다. 첫 시도는 선우의 이름 알파벳 첫 글자와 생년월일을 배열해서 입력해본 것이었다. 물론 그토록 간단한 조합으로 노트북이 열릴 것이라 기대하지 않았다. 그렇다고 딱히 다른 암호를 떠올려 집어넣을 수도 없었다. 인터넷에서 '노트북 암호 분실'을 검색해보기도 했다. 암호를 몰라도 윈도를 시작할 수 있는 방법에 대한 설명을 여러 차례 읽어보았지만, 이경이 할 수 있는 일은 없었다.

그다음에 한 일은 선우에 대해 알고 있는 정보를 하나하나 떠올려본 것이었다. 선우가 자주 가는 카페 이름, 무슨 이야기를 하든 결론에는 항상 등장하는 단어, 지금 5년째 거주하고 있는 연립주택 이름. 그러나 운 좋게도 암호가 그런 단어들로 시작한다고 하더라도 숫자와 부호가 들어 있다면? 선우의 어머니 혹은 옛 애인들의 생년월일까지 알아내야 하나.

이경은 화장대 위에 아무렇게나 놓여 있던 기타 연주회의

리플릿을 집어들었다. 흰 종이에 연주자의 이름, 그리고 오늘 밤 연주한 다섯 개의 곡목이 차례로 적혀 있었다. 이경은 어떤 우연에든 매달려보고 싶었다. 무슨 뜻인지도 모르면서 무조건 첫번째 곡목인 〈Lagrima〉를 빈칸에 입력했다. 단호한 문구가 화면에 떴다. 암호가 올바르지 않습니다. 다시 시도하세요. 망설이다가 이경은 자신의 알파벳 이름 첫 글자와 전화번호를 조합하여 빈칸에 넣었다. 여러 차례 떠올려보기는 했으나, 한 번도 해보지 않은 시도였다. 두려움 속에서 예상하던 문구가 나타났다. 암호가 올바르지 않습니다. 다시 시도하세요.

드림 뷰 호텔 401호예요. 이경이 세탁비누를 나눠주겠다고 하자 상운은 숙소로 오라고 했다. 우리 방 테라스에서 설산이 보여요. 상운은 덧붙였다. 401호 방문을 두드렸을 때, 문을 열어준 사람은 진상이었다. 이경이 머뭇거리는 사이, 상운이 방 안에서 소리쳤다. 누나, 들어와요! 침대 두 개가 나란히 놓여 있는 널찍한 방이었다. 이거 갖고 왔어요. 이경은 새로 산 가루 비누를 반쯤 덜어 담아온 비닐봉지를 들어 보였다. 방문을 닫느라 이경의 뒤에 서 있던 진상이 손을 내밀어 비닐봉지를 받아들며 중얼거렸다. 우리도 많이 있는데.

나와 보세요. 상운이 테라스에서 이경을 불렀다. 밖으로 나가려는데 상운이 막아섰다. 잠깐만요. 그러더니 몸을 굽혀 바닥에 나뒹굴고 있던 삼선 슬리퍼 한 쌍을 발밑에 가지런히 놓

아주었다. 상운의 삐죽삐죽 솟은 짧은 머리카락 사이로 둥글게 돌아나간 희끄무레한 선이 눈에 들어왔다. 엄마 등에 업힌 아기의 둥근 머리통이나 버스 앞자리에 앉은 노인의 성긴 정수리에서 보이는 작은 소용돌이였다. 어쩌다가 사람들의 가마가 눈에 띌 때면 이경은 태어나는 순간 영혼이 몸속으로 들어가면서 남긴 자국 같다고 생각했다. 어린 상운은 아마도 착한 아이였을 것이다. 이경은 우연이라도 선우의 가마를 본 적이 있는지 기억을 더듬어보았다.

진상, 우리 여기서 차이 마실까? 상운이 방안을 향해 소리쳤다. 이경은 밖으로 나와 겹겹이 늘어선 청회색 산들 뒤로 배경처럼 솟아 있는 희고 각진 봉우리들을 바라보았다. 하늘과 산이 그렇게 가깝게 있을 거라고는 상상하지 못한 높이였다. 구름이 호위하듯 정상 부근을 두텁게 감싸고 있었다.

구름이 걷힐 때도 있어요? 설산이 완전히 드러나기도 해요?

그럼요.

나는 여기에 와서 구름이 걷힌 것을 본 적이 없어요.

구름은 산을 타고 가장 높은 곳까지 올라가요. 산을 완전히 보려면 구름 아래에 있어서도 안 되고, 구름 속에 있어서도 안 되고, 구름 위에 있어야 해요.

네? 여기서도 보인다면서요?

아, 그랬나? 내가 구름전문가는 아니거든요.

진상이 찻주전자와 찻잔 세 개가 놓인 쟁반을 들고 나타났다. 1층 식당까지 내려가서 가져온 거래요. 상운이 진상에게 쟁반을 건네받으며 말했다. 직접요? 네. 룸서비스는 비싸서. 진상이 어느새 사라져버려 이경은 고맙다는 인사를 할 기회를 놓쳤다. 폭이 좁은 탁자 위에 상운이 쟁반을 올려놓자, 찻주전자에 담겨 있던 밀크티가 흘러넘쳤다.

진상이 방에서 낮은 스툴을 갖고 나와 걸터앉았다. 테라스의 폭이 너무 좁은 탓에 상운은 다리를 제대로 펴지 못하고 앉아 있었다. 이경의 의자는 균형이 맞지 않는지 몸을 조금만 움직여도 삐걱거렸다. 호텔 뒤편은 잡초와 덤불이 우거진 공터였다. 그 옆에는 시멘트블록으로 짓다가 만 듯 보이는 집이 한 채 서 있었다. 마당의 빨랫줄에는 허름한 옷가지와 수건들이 걸려 있었다. 세 사람은 말없이 앉아 있었고, 늘 그렇듯 정적은 어색했다. 이경은 바람에 펄럭이는 빨래를 바라보면서 먼 나중까지 이 어색함을 잊지 못할 것이라고 생각했다.

이경의 폰에 카톡 알림이 떴다. 30분 전에 확인할 때만 해도 보이지 않던 표시였다.

'어디예요? 전화 안 받네.'

선우였다. 이경은 선우에게 일을 그만둔 것도 여행을 떠나는 것도 알리지 않았다. 일부러 알릴 이유도 없었다. 일상적으로 주고받던 연락이 끊어진 것은 벌써 한참 전 일이었다. 그러나 한국을 떠난 뒤부터 이경은 내내 선우의 연락을 기다리고 있었다. 인정하고 싶지 않았으나, 선우가 자신의 부재를 언제 의식할지 헤아리고 있었다.

'학원 안 나간다면서요?'

답을 할지 망설이면서 카톡 창을 바라보고 있는 사이에 선우의 메시지가 이어졌다. 한국은 아직 아침 9시를 넘지 않았을 시각이었다.

'네. 지금 여행중.'

'통화 가능해요?'

'외국이에요.'

'외국 어디? 내 랩톱은?'

거기까지 읽고 나서 이경은 카톡 앱을 닫아버렸다. 마침 상운이 티베트 음식을 먹으러 가자며 자리에서 일어났다.

티베트 식당에서 나오는 길에 이경은 짐짓 감탄하며 말했다. 모모라는 게 한국 만두보다 더 맛있는 거 같아요. 상운이 고개를 저었다. 그럴 리가 있겠어요? 한국 만두가 더 맛있죠. 이경은 좁은 골목을 벗어나면서 뒤를 돌아보았다. 티베트 식당은 큰길가에 늘어선 가게들 뒤편에 있어서 좁고 으슥한 골목을 따라 한참 들어가야 했다. 길을 찾는 것도 쉽지 않겠지만, 이경은 혼자 식당에 갈 용기가 날 것 같지 않았다. 누나는 별로 먹지도 않았잖아요. 폰만 들여다보고. 사실이었다. 식당에 앉아 있는 동안 선우의 메시지가 연달아 들어왔다.

'어디예요?'

'다 필요 없고 랩톱만 돌려주면 좋겠어요.'

'미안한데, 그날은 내가 실수했어.'

'급히 찾아야 할 파일이 있어.'

'이경씨 이렇게 뻔뻔한 사람인가.'

'대답 좀 하라고!'

느낌표가 찍힌 것을 보고 이경은 앱을 닫았다.

호수로 향하는 것은 딱히 일정이 정해져 있지 않은 포카라 여행자들의 관성인지, 미리 그렇게 하자고 말한 것도 아닌데 세 사람은 어느새 호숫가에 서 있었다. 물 위에는 파란색 보트들이 떠 있고, 하늘에는 만화경 속에서 흩어지는 색종이들처럼 파라슈트가 날고 있었다. 상운이 보트를 타자고 했고 진상은 내키지 않아 했다. 누나는 아직 보트를 못 타봤대. 두 사람의 대화에서 한 걸음 물러나 있던 이경은 당황했다. 보트를 타보지 않은 건 사실이지만 언제 그런 말을 했는지 기억나지 않았다. 우리는 한 번 타봤어요. 그게, 생각보다 그렇게 재밌지는 않아요. 진상이 이경을 돌아보며 말했다.

내가 패러글라이딩이라도 하자고 했어? 보트 타자는 건데, 그게 그렇게 의논하고 고민해야 할 일이야? 상운이 짜증을 냈다. 그렇지 않아도 이경은 선우의 메시지 때문에 마음이 불편한 터였다. 나는 원래 보트 같은 건 타지 않아요. 한국에서든, 어디에서든. 상운이 이경을 돌아보았다. 그런 말 안 해도 누나가 쿨한 도시녀라는 거 알거든요. 그런데 사람이 아침부터 저녁까지 폼나고 재밌는 일만 하면서 살지는 않잖아요. 상운은 몸을 돌려 선착장을 향해 걸어갔다.

　세 사람이라서 보트에 올라탈 때 무게중심 맞추기가 까다로웠다. 상운과 진상이 보트의 양쪽 끝에, 이경은 진상과 더 가까운 중간 부분에 앉았다. 상운이 혼자 노를 저었다. 이경은 노를 저어보고 싶었으나 상운이 만류했다. 그냥 편안하게 있어보세요. 긴장을 풀고, 눈치 좀 보지 말고. 이경은 눈치를 본다는 말이 마음에 걸렸으나, 상운의 말대로 편안해지고 싶어서 그냥 흘려 넘겼다. 페와호수가 인터넷에 떠도는 사진처럼 에메랄드빛이 아니라는 것은 이경도 이미 알고 있었다. 그러나 가까이에서 들여다보니 물이 혼탁하지는 않았다. 맑은 빛을 은은히 내비치고 있었다.

　보트를 띄울 때도 화창한 날씨는 아니었는데, 하늘에는 어느새 먹구름이 몰려와 있었다. 바람의 결이 심상치 않았고, 이미 파라슈트들은 하나도 보이지 않았다. 진상이 그만 돌아가자고 하면서 이경의 앞에 놓여 있던 노를 달라고 했다. 물결이 높게 일었고 보트가 좌우로 흔들렸다. 이경이 노를 건네주는 순간 돌풍이 불어 진상의 모자가 벗겨졌다. 하얀 모자는 이경의 바로 앞까지 날아와 물 위로 떨어졌다. 팔을 뻗으면 닿을 것 같기도 했다. 이경은 몸을 반쯤 일으켜 한쪽 손으로 보트를 잡고 다른 쪽 손을 모자 쪽으로 뻗었다. 닿지 않았다. 상운이 모자를 그냥 떠내려가게 두라고 소리쳤고 진상이 엉거주춤 자리에서 일어났다. 모터보트 한 척이 가까이 다가오는 것을 보면서 이경은 몸의 중심을 잃었다. 너울이 밀려오면서 보트가 뒤집혔다.

이경은 보트와 물 사이의 공간에 갇혔다. 물이 차가웠다. 숨을 쉴 수 없을 것 같은 공포가 밀려오면서 몸이 굳었다. 그러나 이경의 마음 깊은 곳에서 자신이 죽지 않으리라는 확신이 더 단단했다. 짧은 순간에 이경은 깨달았다. 보트 밖으로 빠져나가려면 물속으로 더 깊이 들어가야 한다는 것을.

그날 오후 늦게 이경은 드림 뷰 호텔로 방을 옮겼다. 상운과 진상이 체크인하고 짐을 옮기는 것까지 도와주었다. 따뜻한 국물 같은 거 먹으러 가야 하지 않아요? 진상이 상운과 이경을 번갈아 바라보며 말했다. 나는 아무것도 먹고 싶지 않아요. 오늘 물을 너무 많이 먹어서. 이경 혼자 웃었다. 구명조끼가 허술해서 다행이었어요. 오늘 고맙고 또 미안했어요. 인사를 건네는 이경의 목소리가 떨렸다. 방문을 닫고 나가려던 상운이 멈춰섰다. 누나, 오늘 죽을 뻔했잖아요. 혹시 한밤중에 악몽을 꾸면 우리 방으로 오세요.

이경은 가방에서 보드카 병을 꺼냈다. 세탁비누를 살 때 슈퍼마켓에서 챙겨온 것이었다. 보드카를 물컵에 따라 한 모금 마셨다. 차가운 액체가 뜨겁게 몸을 통과해 지나갔다. 피곤할 때는 안주 없이 맑은 술을 마셔야 한다던 선우의 말을 이해할 수 있었다.

꽁치 통조림은 어떻게 먹어야 하죠? 어느 날 밤 선우가 메시지를 보낸 것이 시작이었다. 이경은 당황했다. 선우는 이경이 일하던 논술학원 원장의 대학 동기라고 했다. 한두 번 특강이나 회식 자리에서 보게 되었을 때 이경은 선우가 유명한 사람답지 않게 겸손하고 반듯하다고 느꼈다. 그러나 명함을 주고받으면서도 그가 연락할 거라고는 생각하지 않았다.

꽁치 통조림이라니, 소설을 쓰는 사람이라 특이하다고 생각하고 있는데 선우가 전화를 걸어왔다. 안주 없이 술을 마시다가 꽁치 통조림을 땄는데, 국물이 흥건해서 이걸 젓가락으로 먹어야 하는지 숟가락으로 먹어야 하는지 알 수 없다고 말했다. 발음이 불분명할 정도로 취한 목소리였다. 일단 꽁치 통조림을 냄비에 넣고 데워야 할 거예요. 살이 잘 부서질 테니 숟가락으로 드시는 게 좋겠죠. 이경은 친절하게 대답했다. 선우가 늦은 밤에 취해서 전화를 걸었다는 사실이 크게 불쾌하지 않았다.

두 사람은 이따금 같이 시간을 보내는 사이가 되었다. 새벽에 전화를 걸어와 낯선 거리에 있는데 어떻게 집에 가야 할지 모르겠다는 선우를 찾아 차를 몰고 나서는 사람이 되었을 때, 이경은 사람들이 그렇게 좋다고 하는 선우의 소설을 처음으로 진지하게 읽어보았다. 소설 속 인물들이 하는 말이나 행동이 모두 선우가 하는 말이나 행동처럼 여겨졌다. 이경은 자신이 모르는 선우의 삶이 궁금했다.

선우가 작가들끼리의 중요한 모임이 있다면서 일방적으로 약속을 취소하는 일이 잦아졌을 때, 더는 술에 취해 전화를 걸지 않고 이경의 전화를 세 번에 한 번쯤밖에 받지 않게 되었을 때, 이경은 정말로 선우의 삶에 휘말려 들어가기 시작했다. 끊어질 듯 이어지는 관계가 혼란과 괴로움을 부추겼다. 이경은 그의 하루 24시간이 어떻게 흘러가는지 알고 싶기도 하고 그렇지 않기도 했다. 매일 메시지를 보내기도 했고, 매시간 SNS를 통해 자취를 확인하기도 했다. 그럴수록 선우를 알 수 없게 되었고, 자기 자신도 낯설어졌다.

일상적인 연락이 모두 끊기고 여러 달이 지났을 때, 새벽에 선우가 이경의 집을 찾아왔다. 이경은 빗장쇠를 채운 채 문을 반만 열었다. 선우는 꼭 하고 싶은 말이 있다고 했다. 할 말만 하고 돌아간다며 억지를 부렸다. 실랑이 끝에 선우는 뛰어내리겠다면서 복도식 아파트의 난간 밖으로 반쯤 몸을 내밀었다. 이경은 선우가 어디로든, 누구를 향해서도 뛰어내릴 사람이 아님을 알고 있었으나, 그럼에도 두려웠다. 이경은 선우의 행동에 짙은 수치심을 느꼈다.

이경의 집 현관 안으로 들어온 선우는 갑자기 잠에서 깨어난 사람처럼 어리둥절한 표정을 지으며 서 있었다. 두 사람은 말없이 서로를 마주 보았다. 선우가 갑자기 가방을 열더니 노트북을 꺼내 이경에게 건네주었다. 이걸 전해주려고 왔어요. 새것이 생겼는데, 이것도 아직은 쓸 만해서. 버리기는 아깝잖아요. 선우의 눈자위가 취기로 온통 붉었다. 소설 쓰고 싶다고 했죠. 받아요. 내가 다른 복은 없어도 문운이 있는 사람이에요. 이경이 노트북을 받아들자, 선우는 그토록 들어오겠다며 고집을 부리던 현관문을 스스로 열고 떠났다.

이경은 테이블 위에 놓여 있던 스마트폰에서 배터리를 분리했다. 물에 빠져 허우적거렸음에도 다행히 스마트폰을 잃어버리지 않았다. 바람막이 주머니에 넣고 지퍼로 채워둔 덕분이었다. 운이 좋아 내일쯤 폰이 되살아난다고 해도 적어도 하루 동안은 멀리 두고 온 모든 것들과 단절되는 것이다. 이경은 선우의 메시지를 보지 않아도 되는 게 좋기도 하고 불안하기도 했다.

진상이와 누나가 정말 부러워요. 두 사람은 오늘이 처음이잖아. 나도 거기 처음 가는 거였으면 좋겠어요. 가티치나라는 마을로 가는 버스를 기다리는 중이었다. 버스는 한 시간쯤 뒤에 온다고 했다. 세 사람은 차이 가게 앞 의자에 걸터앉아서 흙먼지를 날리며 오고가는 버스들을 눈여겨보고 있었다.

상운과 진상의 친구가 며칠 뒤에 도착하면 안나푸르나 라운딩을 할 것이라는 계획은 이미 알고 있었다. 친구를 기다리는 동안 워밍업도 할 겸 가볍게 산에 갔다 올 거라는 이야기 끝에 상운이 불쑥 이경에게 같이 가자고 권했다. 퍼미트도 필요 없어요. 가이드나 포터 없이 외길을 따라 반나절만 올라가면 되는 곳이에요. 나는 등산화도 없어요. 이경이 주저하는 기색을 보이자 상운이 운동화를 신고도 올라갈 수 있는 길이라고 설득했다. 몇 년 전에 열흘쯤 머무른 적이 있는 산장에 갈 거예요. 은퇴한 쿠마리들이 모여 사는 곳이에요. 진상에게도 여러 번 말했지만, 누나, 거긴 정말 특별해요. 나중에 나에게 거기 데려가줘서 고맙다고 할걸요.

아침에 배낭을 꾸리면서 한국에서 침낭을 가져오길 잘했다고 생각했다. 동남아시아 쪽으로 여행을 갈 계획이라는 말을 할 때마다 사람들은 침낭을 꼭 가져가라고 충고했다. 4성급 호텔에서 이를 옮아온 사람이 있다는 풍문도 전해들었다. 고작 1박 2일이거나 길어야 2박 3일이에요. 올라가는 길이 가파르니까 배낭은 가볍게요. 상운의 당부를 떠올리면서 이경은 화장대 위에 놓여 있는 노트북을 바라보았다. 정전이 잦은 전기 사정을 고려하지 않더라도 열리지 않는 노트북은 아무 쓸모도 없다. 그럼에도 두고 가고 싶지 않은 마음이 있었다.

버스가 왔다. 상운과 진상이 나란히 앉고 이경은 두 사람과 좀 떨어져 혼자 앉았다. 커다란 짐보따리를 들고 올라탄 아주머니가 이경의 옆자리에 앉으며 미소를 지어 보였다. 이경도 마주 보며 웃었다. 포카라에 와서 처음으로 말이 통하지 않는 게 답답했다. 버스를 타고 가면서 이경은 은퇴한 쿠마리들이 사는 곳이라는 상운의 말을 떠올렸다. 여신의 자리에서 살다가 평범한 사람으로 돌아온 삶은 어떤 것일까. 한번 인생의 영광을 맛본 사람은 끊임없이 과거로 돌아가고자 애쓴다는데. 이경은 카트만두에 머무는 이틀 동안 쿠마리사원을 구경했다. 초경 전의 여자아이를 뽑아서 여신의 역할을 맡기는 제도에 대한 설명도 그때 들었다. 영광이랄 것도 없었다. 어린 나이에 부모와 떨어져 사원에 살아야 하고, 땅에 발을 대고 걷지도 못하게 한다는 이야기는 끔찍했다.

비포장도로를 두 시간쯤 달려서 목적지에 도달했다. 산비탈의 작은 마을을 가로지르는 돌계단을 따라 올라갔다. 마을을 벗어나면 계단이 사라지고 오솔길이 이어질 줄 알았다. 그렇지 않았다. 더 가파른 돌계단이 나타났다. 처음 30분 동안은 몸이 힘들었으나, 그뒤부터는 도저히 정상까지 가지 못할 것 같은 두려움과 싸워야 했다. 두 시간이 넘어가면서 이경의 머릿속은 백지상태가 되었다. 땀이 쏟아지고 숨을 쉬기도 어려웠지만, 기계처럼 몸이 움직였다. 숲에서 숲으로 이어지는 계단을 오르며, 이경은 자주 궁금했다. 그냥 걷기도 힘든 이 길에 누가 이렇게 반듯하게 돌을 놓았을까.

더는 걸을 수 없는 한계에 이르렀다고 생각했을 때, 시야가 확 트이면서 숲이 끝났다. 산비탈에 가지런하게 쟁기질한 붉은 밭들이 나타났다. 이경은 돌계단에 주저앉았다. 토할 것 같았다. 이따금 이경을 확인하며 올라가던 상운과 진상이 저만치 앞에서 멈춰섰다. 두 사람에게 짐이 되기를 두려워하는 마음은 사라진 지 오래였다. 이제 얼마 남지 않았어요. 상운이 소리쳤다. 이경은 몸을 일으킬 수 없을 것 같았으나 결국 일어섰다.

마지막 순간에 노트북을 두고 오기로 한 판단은 현명했다. 침낭과 두꺼운 겉옷 그리고 세면도구만 들어 있을 뿐인데도 배낭은 쇳덩이처럼 느껴졌다. 노트북이 들어 있었다면 망설이지 않고 버렸을 것이다. 처음으로 이경은 선우에게 노트북을 돌려줬어야 했다는 생각이 들었다. 노트북을 받은 뒤 사흘쯤 지나서 이경은 암호를 알려달라는 메시지를 보냈다. 어쩌면 이경에게 보여주고 싶은 무엇인가가 있어서 선우가 노트북을 주었을지도 모른다고 생각했다. 선우는 파일을 정리해서 주겠다면서 노트북을 돌려달라고 했다. 이경은 아무 대답도 하지 않았다. 예정보다 빨리 여행을 시작한 것은 선우의 변덕 때문인지도 몰랐다.

한 시간쯤 더 가서 돌계단이 끝났다. 바위 사이의 가파른 험로를 기어가듯 오르니 분지처럼 평평한 곳이 나타났다. 상운이 처음 그곳에 머무르던 시절에는 없었다는 건물을 지나쳐 쿠마리들의 산장 앞마당으로 들어섰다. 부엌에서 커다란 바구니를 들고나오는 여자를 보고 상운이 반색을 했다. 짙은 녹색 머릿수건을 두른 여자는 미소를 지으며 상운을 알아보겠다는 듯 고개를 끄덕였다. 다정하지만 호들갑스럽지 않은 태도였다. 여자는 상운을 데리고 부엌으로 들어갔다. 대여섯 명의 여행자들이 마당에 놓인 탁자와 벤치에서 쉬고 있었다. 올라오는 길에 사람을 한 명도 만나지 못했던 터라 이경은 조금 놀랐다.

상운이 찻잔 두 개를 들고 부엌에서 나왔다. 이건 야크젖으로 만든 차이예요. 이경과 진상에게 찻잔을 건네주고 상운은 다시 부엌으로 들어갔다. 옛 친구들과 할 이야기가 많은 것 같았다. 이경과 진상은 오후의 햇살 아래에 앉아 따뜻한 차를 마셨다. 힘드셨죠? 차를 마시던 진상이 말을 건넸다. 네. 도중에 내려갈까 하고 몇 번 망설였어요. 이경이 짧게 한숨을 내쉬었다. 누나가 생각보다 잘 따라온다고 형이 그랬어요. 우리가 온 길이 순례자의 길이라고 불리는 힘든 코스래요.

이경은 상운이 부엌에서 나와 두 사람이 앉아 있는 벤치까지 걸어오는 것을 보았다. 중간에 금발을 짧게 자른 여자와 가볍게 인사를 나누는 듯하더니, 마주 서서 이야기가 길어지는 눈치였다. 돌아보니 진상도 상운을 지켜보고 있었다. 형은 다정한 사람이에요. 이경이 고개를 끄덕였다. 내가 만나본 사람 중에 가장 친절한 사람 같아요. 사람들을 좋아하고. 진상이 고개를 저었다. 아뇨. 사람들이 형을 좋아하죠. 형은 자기를 좋아하는 마음을 그냥 지나치지 못하는 사람이에요. 이경은 상운에 대해 자기가 한 말과 진상이 한 말이 크게 의미가 다른 건 아니라고 생각했다.

저녁을 먹고, 하나밖에 남지 않았다는 객실로 들어갔다. 정갈한 돌바닥 위에 높고 길쭉한 나무 침상이 네 개 놓여 있었다.

이경은 방문과 가장 가까운 침상에 누웠다. 어두워지니 돌바 닥에서 올라오는 습기 때문에 침낭이 축축해졌다. 상운이 창 틀에 올려놓은 촛불을 끄자, 어둠이 한 치의 빈틈도 없이 방을 채웠다. 건너편 침대에 누운 상운이 몸을 뒤척이면서 잠이 안 온다고 했다. 이경은 오후에 만난 금발의 여자와 무슨 이야기 를 했는지 물어보았다.

오래 사귄 애인이랑 헤어지려고 여행을 떠난 거래요. 헤어 졌다가 다시 만났다가 자꾸 그래서요. 지겨운 윤회의 사슬을 끊으려고 히말라야로 왔대요.

처음 만나서 그런 이야기를 했어요?

처음 만났고 다시는 안 만날 거니까 하는 이야기겠죠.

애인이 나쁜 사람이었나보다.

왜 나쁘다고 생각해요?

만났다가 헤어졌다가 자꾸 그런다니까.

그건 아무 상관 없죠. 누나는 좋은 사람만 사랑해요?

…….

이상한 사람이든 나쁜 사람이든, 사랑하지 않는 것보다 나 은 거 아니에요?

…….

글은 많이 썼어요?

아니. 노트북 암호를 잊어버려서 아예 열지도 못했어요.

대단히 중요한 자료들이 있는 거 아니면, 그냥 밀어버리고 다시 깔아요. 진상이가 잘해요. 전문가예요. 진상아, 자니?

상운이 맨 안쪽 침대에 누운 진상을 돌아보며 물었다. 대답이 없었다.

그런데 무슨 글을 쓰려고 했던 거예요?

이경도 자신이 무슨 글을 쓰려고 했는지 새삼 궁금했다.

이경은 설핏 선잠이 들었다가 깨어났다. 화장실에 가려고 밖으로 나왔다. 캄캄하던 방안과 달리 밖은 오히려 어둡지 않았다. 손전등을 비추자 희뿌연 공기덩어리들이 뭉텅뭉텅 흘러다니는 것이 보였다. 불빛의 경계선 너머에는 정체를 알 수 없는 검은 그림자들이 늘어서 있었다. 이경은 발목까지 올라오는 젖은 풀잎과 두려움을 헤치고 걸었다. 얼기설기 지어놓은 헛간처럼 보이는 화장실 앞까지 갔으나 들어갈 용기가 나지 않았다. 이경은 가장 가까운 검은 그림자를 불빛으로 비춰보았다. 덩굴과 작은 나무들이 엉켜 있는 덤불이었다. 근처에서 서둘러 볼일을 보았다.

돌아오는 길에 이경은 걸음을 멈추었다. 선우의 일들이 떠올랐다. 전생처럼 아득했다. 며칠 동안 선우의 메시지나 SNS 계정을 확인하지 못했으나, 아무것도 궁금하지 않았다. 이경은 자신이 왜 그토록 선우와 선우의 삶에 집착했는지 알 수 없게 되어버렸다. 원래 알지 못했는지도 모른다. 이경은 자신을 나무라는 심정이 되었다. 선우가 쓴 선우의 이야기가 아니라 이경이 쓴 이경의 이야기를 읽고 싶었어야 했다고. 그의 삶이 아니라 나의 삶을 바라보아야 했다고.

주위를 둘러보다가 이경은 안개라고 여기던 희뿌연 덩어리들이 구름이라는 사실을 깨달았다. 이경은 달빛과 뒤섞인 구름 속에 서 있었다. 산을 보려면 구름 아래에 있어서도 안 되고, 구름 속에 있어서도 안 되고, 구름 위에 있어야 해요. 기댈 데 없이 허술한 상운의 말이 떠올랐다. 이경은 어둠 속에서 혼자 웃었다. 내일은 만년설을 볼 수 있을까. 내일이 아니더라도 포카라를 떠나기 전 언젠가는 보겠지. 이경은 젖은 풀잎을 헤치고 앞으로 걸어갔다.

완전한 집

포카라에 온 지 사흘째 되는 날 아침 금희는 승문이 보낸 메일을 받았다. 연락이 끊어진 지 거의 9년 만이었다.

잘 지내나?

나는 스리랑카에 있어.

미얀마에서 정식으로 계를 받고 출가했다가 비자 문제 때문에 이쪽으로 옮겨왔어.

재작년에 어느 한국 스님이 태블릿을 하나 사다 줘서 잘 쓰고 있다.

버스를 타고 세 시간만 오면 되는 가까운(!) 사원에 와이파이가 있어.

모처럼 여유 있게 혼자 앉아 한국 소식이 궁금해서 메일쓴다.

수요일까지는 여기서 지낼 것 같은데, 그때까지는 답장 보내면 볼 수 있다.

잘 지내라.

금희는 누군가가 장난 메일을 보낸 게 아닌지 의심스러워 주소를 다시 확인해보았다. 승문이 틀림없었다. 서둘러 메일을 썼다. 포카라에 온 뒤 이틀 내내 아침 10시쯤이면 정전이 되었다가 오후 3, 4시가 되어야 전기가 다시 들어왔다. 아직 이른 아침이었으므로 전기가 끊어진다고 해도 두 시간 이상 여유가 있었다. 그러나 금희는 마음이 급했다. 혹시 때맞춰 답장을 보내지 못하게 될까봐 자판을 누르는 손이 살짝 떨리기까지 했다.

조식을 먹으러 내려가니 윤이 일행들과 식당에 앉아 있었다. 자리를 잡고 앉아서 식사를 주문하자, 윤이 다가와 앞자리에 앉았다.

"오늘 한국에서 누가 오는데, 선생님과 방을 같이 써도 될까요? 호텔에 지금 빈방이 없다네요. 젊은 여성이라 다른 호텔로 보내기가 좀 그래서요."

낯선 사람과 방을 함께 쓰는 일이 썩 내키지 않았으나, 상황이 그렇다니 어쩔 수 없었다. 금희는 그러겠다고 승낙했다.

"곧 산에 가니까, 며칠만 부탁드릴게요."

윤은 잠시 말을 끊었다가 덧붙였다.

"선생님은 정말 같이 안 가실래요?"

안 그래도 금희는 승문에게 포카라에 머물고 있다는 메일을 쓰면서 산에 올라가는 것에 대해 처음으로 진지하게 생각해보았다.

"나는 아무 준비도 없이 왔거든요."

"필요한 건 여기서 살 수 있어요. 빌릴 수도 있고요."

지난해의 마지막 날 밤이었다. 윤이 SNS 계정에 열대의 어느 강가에서 풍등을 띄우는 사진을 올렸다. 새해의 소망과 함께 불빛 하나를 띄운다면서, 소망이 소중한 이유는 노력한다고 해서 이루어지는 게 아니기 때문이라는 글을 남겼다. 모니터 속 검푸른 하늘로 떠오르는 불빛들은 근원을 찾아 거슬러 오르는 물고기떼처럼 보였다. 금희는 윤을 팔로우한 뒤 처음으로 댓글을 달았다. 아름답네요. 새해 복 많이 받으세요. 뜻밖에도 곧 윤의 댓글이 달렸다. 선생님도 새해 복 많이 받으세요. 평범한 말이었으나 금희는 누구에게 들은 새해 인사보다도 다정하게 느꼈다.

그뒤로 금희는 윤이 올리는 게시물에 자주 찬사의 댓글을 달았다. 그럴 때마다 윤도 짧게나마 반응해주었다. 그런 일들이 이어지면서 금희는 한 번도 대면한 적 없는 윤을 오랜 세월 알고 지낸 사람들보다 가깝게 여겼다. 2월에 윤은 네팔의 포카라로 옮겨갔고, 자신이 머무는 숙소의 발코니에서 보이는 설산의 사진을 올렸다. 금희는 꼭 이 세상 풍경이 아닌 것 같다고, 언젠가는 직접 눈으로 보고 싶다고 댓글을 달았다. 그날 밤 윤이 메시지를 보냈다. 실례일지도 모르지만 불쑥 메시지 드려요. 3월 말쯤 마음이 맞는 몇몇 친구들과 안나푸르나 트레킹을 하려고 해요. 혹시 보름 정도 시간을 내실 수 있으면 포카라로 오세요. 금희는 이게 무슨 꿈같은 소린가 하면서 메시지를 한참 들여다보았다. 제가 하는 일은 출퇴근할 필요가 없어서 어떻게든 시간을 낼 수는 있지만, 저는 북한산에도 올라가본 적이 없어요. 그런데 히말라야를 어떻게…… 금희의 답장에 윤이 다시 메시지를 보냈다. 누구나 갈 수 있는 길이에요. 저를 믿고 오세요. 이번이 마지막 기회일지도 몰라요.

포카라라는 글자를 보았을 때, 금희는 몇 년 동안 까맣게 잊고 있던 승문을 떠올렸다. 10여 년 전 인도와 네팔을 오래 떠돌다가 잠시 귀국했을 때 승문은 금희에게 정처 없던 여정에서 겪은 이런저런 일화를 띄엄띄엄 이야기해주었다. 순백의 설산 그림자가 호수 위로 비치는, 포카라에 대해서도 들은 기억이 났다. 금희는 그 도시 이름을 들으며 티베트 전설 속의 샴발라 같은 신비한 장소를 상상했다. 승문은 한국에서 석 달 정도 머물면서 금희와 함께 살던 집을 팔았다. 그리고 문서와 현실 속의 모든 인연을 정리하고 떠났다. 미얀마로 가서 단기 출가할 작정이라고 했다. 그것으로 마지막이었다. 금희가 몇 번메일을 보냈으나 메일을 확인한 흔적도 답장도 없었다. 세월이 흐르면서 승문을 거의 잊었으나, 꿈속에서는 이따금 승문과 10여 년을 함께 살던 집으로 돌아가곤 했다.

시간이나 돈이 너그러운 상황은 아니었음에도, 금희는 윤의 메일을 받은 뒤 얼마 지나지 않아 포카라로 날아왔다. 20여 년 만의 해외여행이었다. 한국보다 평균 물가가 저렴하다는 현실적 조건도 결단을 내리는 데 도움이 되었다. 히말라야에 올라갈 생각은 아예 없었다. 그냥 작고 아늑한 방을 한 달쯤 빌려 번역 일을 하고 호숫가를 산책하면서 지낼 작정이었다. 정확한 의미를 가늠하기 힘들었지만, 이번이 마지막 기회일지도 모른다는 윤의 말도 마음을 흔들었다. 내년이면 금희의 나이가 쉰을 넘어가는 시점이었다.

아침을 먹고 방에 올라와 한 시간 정도 노트북을 들여다보았다. 10시가 조금 넘었을 때 금희는 파일을 갈무리하고 노트북을 덮으려다가 혹시나 하는 생각에 메일함을 열어보았다. 그새 승문의 짤막한 메일이 와 있었다.

포카라라니 근사하다.

정식 트레킹인가? 나도 오래전에 안나푸르나를 한 바퀴 돌았다.

한국에 돌아갈 계획은 없고, 마음껏 수행하다가 이곳에 뼈를 묻으려 해.

좋은 시간 되길 바란다.

11시가 다 되어서야 전기가 끊어졌다. 금희는 호텔을 나와 레이크사이드 거리를 구경하면서 걸었다. ⟨Bookshop⟩이라고 적힌 영어 간판이 눈에 띄었다. 인터넷이 끊길 때마다 사전이 아쉽던 참이었다. 들어가보니, 문구와 간단한 기념품을 진열한 매대가 전면 중앙을 차지하고 있고 책들은 뒤쪽 책장에 꽂혀 있었다. 네팔에서 출간된 지도와 여행안내 책자만 신간이고, 대부분 헌책들이었다. 여행자들이 갖고 왔다가 놓고 가거나 팔고 간 책인 듯싶었다.

책장 사이를 돌아나오다가 한국어 책 몇 권을 발견했다. 여행 가이드북 그리고 불교와 명상에 관한 에세이였다. 금희의 눈길을 사로잡은 것은 '태엽 감는 새 3-나는 누구인가'라는 제목이었다. 책을 뽑아들고 펼쳐보았다. 속표지에 "신에게 구해야 할 것을 인간에게 구하지 말 것, 2004년 10월 16일"이라고 적혀 있었다. 날짜 옆에는 서명도 있었다. 잠시 망설이다가 책을 도로 책장에 꽂았다. 기념품 매대에서 엽서 몇 장을 골라서 값을 치르고 서점에서 나왔다.

헤아려보니, 승문은 2005년쯤 포카라를 지나쳤을 것이다. 당시에도 서점이 이 자리에 있었는지는 알 수 없었다. 며칠이나 머물렀는지 모르지만, 승문이 서점에 들렀을 가능성은 있다. 『태엽 감는 새』가 그때도 책장에 꽂혀 있었다면, 책을 잠시 펼쳐보았을지도 모르겠다. 금희는 사거리에 멈춰서서, 복잡한 도로 한가운데에 서 있는 보리수나무를 새삼스레 바라보았다. 사흘 전에 처음 보았을 때는 저렇게 큰 나무가 차도 중간에 떡 하니 버티고 있는 것이 놀라웠다. 한국에서는 아무리 오래된 나무라 해도 도로공사 계획이 확정되는 순간 곧 사라질 운명 이 된다. 지금 금희가 나무를 보고 있듯 그 옛날 승문도 나무를 보았을 것이다. 금희는 자신이 본 것과 승문이 본 것, 그리고 나무가 본 것을 생각했다. 나무는 더 많은 것을 보았을 것이고, 더 오래 보게 될 것이다.

호텔방에 돌아오자마자 누군가가 문을 두드렸다. 문밖에는, 윤이 젊은 여성과 나란히 서 있었다.

"선생님, 얘가 미미예요."

미미는 노란 캐리어를 끌고 방안으로 들어왔다. 긴 머리카 락이 젖어 있었다. 금희가 방을 비운 동안 미미는 윤의 방에서 씻고 쉬고 있었다고 했다. 미리 언질을 받았는데도 아무 생각 없이 늦은 오후에 돌아왔다며 미안해하는 금희에게 윤은 미안 할 일이 아니라고 말한 뒤, 문 앞에서 돌아갔다.

"이름이 미미예요?"

"인스타 계정 이름이에요. 원래는 키우던 고양이 이름이고 요. 몇 년 전에 죽었지만."

금희는 진짜 이름이 무어냐고 물어볼까 하다가, 그걸 알아 무엇 하나 싶어 그만두었다. 40대인 윤을 아저씨라고 부르는 걸 보니 미미는 20대 후반이거나 많아야 30대 중반인 듯했다.

"언니도 산에 가요?"

"나? 나는 아직 마음을 못 정했어요."

갑작스러운 언니라는 호칭에 금희는 당황했다. 미미는 노란색 캐리어를 열어 뒤적뒤적하더니 붉은색 원피스를 꺼냈다. 그리고 입고 있던 옷을 벗기 시작했다. 금희는 옷 갈아입는 것을 지켜보고 있기도 멋쩍어서 욕실에 들어가 손을 씻고 나왔다.

"아저씨가 저녁식사하러 나가재요. 언니도 같이 가요."

미미가 스마트폰을 들여다보며 말했다.

산행을 할 사람들은 미미까지 모두 네 명이었다. 윤과 미미, 그리고 윤의 후배 둘. 저녁식사를 마치고 근처 카페로 자리를 옮길 때 금희도 함께 갔다. 달리 할일도 없었다.

"일정이 당겨진 사람이 있어서 시간이 별로 없고, 토롱라는 미미나 선생님에게는 힘들 거 같아. 안나푸르나 서킷을 반만 돌까 해. 일단 좀솜까지 비행기를 타고 넘어가서 묵티나트까지 올라갔다가, 내려오는 길에 푼힐이나 ABC를 거치는 게 나을 것 같아."

윤의 설명을 멍하니 듣고 있던 금희는 자신이 언급되자 조금 놀랐다. 트레킹에 합류하는 쪽으로 마음이 거의 기운 것은 사실이지만, 아직 윤에게 통보하지 않은 상태였다. 그래도 말을 막고 그게 아니라고 끼어들기가 번거로워 잠자코 듣고 있었다.

"그러니까 서킷의 가장 힘든 구간을 빼고 반만 돈다고 생각 하시면 돼요."

윤은 금희를 돌아보며 확인하듯 강조했다.

"비행기 노선이 생기기 전에는 쉽게 갈 수 없는 곳이었어요. 선생님은 분명히 로어 무스탕 쪽을 좋아하실 거예요."

윤은 잠시 미미와 금희를 번갈아 바라보더니, 말을 이었다.

"원래 가이드와 포터 없이 가기로 했거든요. 그런데 미미와 선생님은 아무래도 포터가 한 명 필요할 거 같아요. 추가비용 이 들어갈 텐데, 괜찮으시죠?"

"그럼요, 괜찮죠."

미미가 대답했고 금희는 고개를 끄덕였다. 어쩌다가 산행이 확정되고 나니, 더는 망설일 필요가 없어져 오히려 마음이 편했다. 금희는 호텔에 돌아가면 승문에게 안나푸르나에 간다고 답장을 써야겠다고 생각했다.

"언니는 아저씨를 언제부터 알았어요?"

금희가 욕실에서 씻고 나오자 침대에 누워 있던 미미가 물었다.

"인스타 팔로우한 지 3년쯤 된 거 같아요. 미미씨는?"

"아저씨가 학교 앞에서 카페 할 때 제가 단골이었어요. 그러니 꽤 오래된 사이죠."

"카페? 나는 IT 쪽 일을 한다고 들었는데."

"웹디자인이요? 그건 그냥 알바로 하는 일이에요."

갑자기 미미가 침대에서 일어나 앉았다.

"언니는 왜 여기에 왔어요? 아저씨가 언니를 불렀어요?"

금희가 포카라에 온 뒤 내내 마음속에 품고 있던 질문이기도 했다. 윤은 왜 나를 불렀을까. 나는 왜 여기에 왔을까. 금희가 대답할 말을 찾는데, 미미가 이내 말을 이었다.

"저는요. 남편과 헤어지려고 왔어요. 여기 온다는 말도 안 하고 집에서 그냥 나왔어요. 얼마 전에 아저씨에게 이혼하려고 한다고 말했더니, 산에 같이 가자고 했어요. 잠깐 멀리 떨어져 있어보라고요. 생각이 달라질 수도 있다고요. 하지만 더 남은 미련 없어요. 다른 여자를 맘에 두고 있는 남자랑 어떻게 살아요."

저녁 먹는 자리에서 미미는 들뜬 목소리로 웃고 이야기했다. 금희는 여전히 흥분을 억제 못 하는 미미의 목소리를 들으면서, 비밀번호를 이리저리 유추해서 승문의 이메일을 열어보던 일을 떠올렸다. 승문과 다른 여자가 주고받은 메일을 읽으며 느끼던 분노는 이제 오래된 화상흉터와 같은 수치로 남았다. 사랑. 헌신. 욕망. 기만. 배신. 질투. 착각과 오해. 왜 나에게만 이런 불행이 이어지는 건지 이해할 수 없던 기억이 시간의 저편에서 희미하게 되살아났다. 세월이 흐르고 보니 누구나 거의 예외 없이 겪는 일들이었다. 금희는 만난 지 하루가 채 지나지 않은 낯선 사람 앞에서 몸을 부르르 떨며 말을 쏟아내는 미미의 모습이 그리 낯설지 않았다. 미미가 울음이라도 터뜨

릴까봐 불안하기도 했다. 금희는 미미에게 잠시 모든 걸 잊고 푹 자라고 당부하고 싶었다. 하지만 그럴 기회를 여러 번 놓쳤다.

한때는 금희의 심장 속에도 구구절절한 사금파리들이 뾰족하게 박혀 있었다. 혈관을 따라 굴러다니다가 불쑥 자신을 찌르고 밖으로 튀어나가 타인을 겨냥하기도 했다. 그것들은 다 어디로 갔나. 과거는 낡은 상자에 대충 부려넣어 창고에 쌓아둔 짐들 같았다. 얼마나 무거운지 내용이 무엇인지 이제는 가늠해보고 싶지 않았다. 아침에 승문의 메일을 확인했을 때도 반가움만큼이나 두려움도 컸다. 혹시나 승문이 한국에 돌아오거나 그래서 다시 모든 과정이 똑같이 되풀이되면 어떡하나, 라는 불안이 전혀 없지 않았다. 다행히 승문은 귀국할 생각이 없다고 했다.

비행기는 아침 7시에 이륙했다. 금희는 깊은 계곡 사이를 날아가는 비행기 날개가 산등성이에 부딪칠 것 같은 불안함을 느끼며 앉아 있었다. 스무 명 남짓한 승객의 목숨이 조종사 한 사람에게 달려 있음을 체감하는 비행이었다. 좀솜공항에 도착했다. 공기의 냄새, 온도, 질감이 떠나온 도시와 전혀 달랐다. 겨우 20분 남짓의 비행 뒤에, 초목이 우거진 초록빛 산들은 사라지고 돌과 흙, 가시덤불뿐인 잿빛 산들이 나타났다. 하얗고 붉게 칠한 돌집들이 늘어선 거리에 들어서자 금희는 숨이 막

했다. 태어나서 처음 보는 낯선 풍경이라 그러했고, 실제로 숨을 쉬기도 힘들었다. 100미터를 달리고 난 뒤 가슴이 빽빽한 느낌과 비슷했다.

공항을 벗어나자마자 네팔 남자 하나가 서툰 영어로 포터를 구하느냐고 물으며 따라왔다. 윤이 필요 없다고 거절했으나, 아침밥 먹을 식당을 찾는 내내 남자는 일행을 뒤따랐다. 뼈와 근육뿐인 왜소한 중년남자였다. 남자의 집요함에 윤이 마지못해 승낙했다. 식당에서 후배 하나가 즉석에서 고용한 포터에 대해 미심쩍어하자 윤이 중얼거렸다.

"쪼리를 신고 있어서 나도 찜찜했어. 그런데 어떡하겠어, 그렇게 간절하게 부탁하는데."

토스트와 달걀로 간단한 아침식사를 하면서 윤은 그날의 일정을 설명했다. 칼리간다키강이 흐르는 계곡을 따라 카그베니라는 마을까지 올라간다고 했다. 힘든 길은 아닌데 오후가 되면 몸을 가누지 못할 정도로 엄청난 바람이 부니 서두르는 게 좋겠다고 덧붙였다.

포터로 고용한 남자는 카고백을 들고 식당 앞에서 기다리고 있었다. 금희는 남자를 곁눈으로 훔쳐보았다. 여전히 맨발에 쪼리를 신고 있었다. 포터에게 15킬로그램 이상의 짐은 맡길 수 없게 법으로 정해져 있다고 윤이 말했으나, 짐을 꾸려보니 그것도 상당한 부피였다. 처음에는 포터를 고용한다는 것에 별다른 거부감이 없었고 오히려 짐을 더 내어줄 궁리만 했다. 그러나 눈앞에 있는 사람이 몸피에 비해 지나치게 큰 짐을 짊어지는 것을 목격하자 마음이 편하지는 않았다.

좁쌀 거리를 벗어나 깊은 협곡 사이의 산길로 들어섰다. 금희는 걷는 속도를 조절하기 위해 맨 뒤에서 천천히 걸었다. 앞사람을 놓치지 않고 따라가려고 애쓰다가 정신을 차려보니 말라붙은 강바닥의 너덜길을 걷고 있었다. 도로공사 중인 포클레인과 트럭을 지나치면서부터 물길로 내려온 것 같았다. 가장 무거운 짐을 진 포터는 얼마나 걸음이 빠른지 이미 보이지 않았고, 미미와 윤의 일행도 한참 앞서서 가고 있었다. 금희는 주위를 둘러보았다. 깎아지를 듯한 협곡의 거대한 벽에는 간신히 초록을 띤 덤불들이 점점이 흩어져 있었고, 그 위로 푸른 하늘이 열려 있었다.

정오를 지나면서 세찬 바람이 불기 시작했다. 우기에는 물길이었을 드넓은 강바닥은 건기의 끝자락에는 바람길로 변했다. 나무도 바위도 없었으므로 바람은 거칠 게 없었다. 앞에서 걷던 사람들은 금희의 모습이 보이지 않으면 멈춰서서 기다려주었다. 처음에는 방해가 되고 싶지 않아 서둘렀으나, 나중에는 그런 마음조차 사라지고 말았다. 장엄한 황량함 속에 오직 걷고 있는 몸만 남았다.

오후 늦게 카그베니에 도착했다. 로지에 들어가 늦은 점심을 먹고 각자 방에서 잠시 휴식을 취했다. 금희는 무거운 등산화를 벗고 침대에 누웠다. 새벽에 일어나 비행기를 타고 와서 바람 부는 계곡을 따라 산에 오른 일이 꿈만 같았다. 옆 침대의 미미는 어느새 가늘게 코를 골았다. 금희는 잠이 오지 않았다. 침대에서 몸을 일으켜 차라도 한잔 마실 작정으로 방에서 나왔다. 식당에는 윤이 혼자 앉아 있었다.

"차 한잔 마시고 동네를 한 바퀴 돌아보려고요. 후배들은 벌써 나갔어요."

금희는 윤을 따라 나서기로 했다. 외투를 가지러 갔다가 미미를 깨워야 할지 망설였으나 곤히 자는 것 같아 그냥 두고 나왔다. 카그베니는 현대식 커피숍과 햄버거가게 그리고 중세 무스탕의 고성이 나란히 존재하는 마을이었다. 돌과 진흙을 섞어 지은 집들 사이로 구불구불한 좁은 골목이 끝도 없이 이어졌다. 같은 자리에서 빙글빙글 돌면서 미로를 헤매는 건가 싶을 때 작은 광장이 나타났고, 때마침 털이 북실북실한 염소들이 구름처럼 몰려왔다. 금희와 윤은 수십 마리 염소들이 이동하는 흐름 속에 한동안 갇혀 있었다. 염소들의 목에 매달린 금속 방울이 일제히 흔들렸다. 끊이지 않는 댕그렁 소리와 함께 염소떼가 사라지자, 기다렸다는 듯 윤의 후배들이 나타났다. 마을 끝에 있는 티베트 곰파에서 오는 길이라고 했다. 후배들은 먼저 돌아가고 금희는 윤을 따라 곰파로 향했다.

두 사람이 로지로 돌아왔을 때 미미와 윤의 후배들이 식당에 있었다. 저녁을 함께 먹으려고 두 사람이 돌아오는 것을 기다렸다는데 미미의 표정이 밝지 않았다. 몸 상태가 좋지 않다

고 했다. 음식이 나오기 전까지 그날 찍은 사진들을 서로 보여
주었다. 어디를 어떻게 찍어도 완벽한 그림이라며, 모두 감탄
사를 연발했다.

"형, 이것 봐. 영화의 한 장면 같지 않아? 선생님, 이 사진 보
세요."

윤의 후배가 스마트폰을 내밀었다. 금희와 윤이 염소떼에
갇혀 서성이고 있는 모습이었다. 금희는 사진이 마음에 들어
나중에 카톡으로 꼭 보내달라고 부탁했다. 미미가 윤에게 왜
자기를 깨우지 않았느냐고 짜증을 냈다. 금희는 미미가 자신
을 힐난하는 것처럼 느꼈다.

고도가 높은 탓인지 밤이 되자 기온이 뚝 떨어졌다. 난방이
전혀 안 되는 방은 춥고 을씨년스러웠다. 금희는 승문이 메일
을 읽었는지 궁금하여 스마트폰을 켰으나 와이파이가 작동하
지 않았다. 미미는 굳은 얼굴로 침대에 누웠다. 저녁 내내 금희
에게 아무 말도 건네지 않았다. 어젯밤의 뜨거운 친밀감은 어
디로 사라지고 냉랭하고 서먹한 태도였다. 낯선 이에게 너무
많은 이야기를 쏟아낸 것을 후회하고 있는지도 모른다고, 금
희는 짐작할 따름이었다.

"몸은 좀 괜찮아요?"

미미는 아무 대답도 하지 않았다.

"춥지 않아요? 침낭을 바꿔줄까?"

금희는 좀솜으로 출발하기 전날, 윤의 조언에 따라 포카라

에서 영하 5도까지 견딜 수 있다는 침낭을 샀다. 윤은 미미가 한국에서 가져온 침낭이 여름용이라 추울 것이라고 걱정하며 자신의 패딩점퍼를 빌려주었다.

"아니요. 패딩을 입어서 괜찮아요."

금희는 미미의 창백한 얼굴을 보면서 한번 더 침낭을 권해야 할지 고민했다. 그러나 얇은 침낭 속에서 밤새 추위에 떨 자신이 없었다. 두꺼운 침낭 속에서도 뼈가 시렸다. 아무래도 한 살이라도 젊은 사람의 피가 더 뜨거울 것이라 변명하면서, 금희는 잠을 청했다.

"좀솜은 해발고도 2700미터. 카그베니는 2800미터. 고도 차이가 100미터 정도라서 어제는 쉽게 온 편이지. 여기서 묵티나트까지 거리는 약 9킬로미터야. 평지로 걸어도 짧지 않은 거리인데 해발고도를 1000미터나 올려야 하니 어제보다 엄청 힘들 거야."

윤의 설명을 듣고 카그베니를 출발했다. 출발할 때부터 세찬 바람이 불어서 걷기가 힘들었고, 급경사가 시작되었다. 윤의 예상대로 몸은 매우 힘들었으나, 금희는 걸음을 멈추고 쉴 때마다 태어나서 처음 보는 풍경에 희열을 느꼈다. 오직 바람과 산뿐인 세상은 아름다웠다. 저절로 오체투지를 하고 싶게 만드는 묵직한 아름다움이 스며 있었다. 문득 시신을 땅이나 바위, 나무 위에 내버려둔 채 시간의 힘으로 풍화되기를 기다리던 풍장의 풍습을 이해할 수 있었다. 바람이 영혼을 거두어

이 거친 땅에서 벗어나게 해주길 바랐을 것이다.

자르코트에서 점심을 먹을 때만 해도 묵티나트까지 두세 시간밖에 안 걸릴 거라고 예상했다. 오전 산행이 너무 힘들었기 때문에 일행은 차를 마시면서 오래 쉬었다. 다시 출발하자마자 비가 흩뿌리기 시작했다. 고도가 높아지면서 모두 걷는 속도가 점점 느려졌다. 맨 뒤에서 천천히 걸어오던 금희는 오히려 속도나 체력의 변화가 별로 없어서, 어느새 맨 앞에서 걷게 되었다. 물론 쪼리를 신고 가장 무거운 짐을 진 포터는 바람처럼 사라진 뒤였다. 능선 하나를 힘겹게 오르니 눈앞에 작은 호수가 나타났다. 물이 줄어서 연못이라고 해도 좋을 규모였다. 금희는 물가를 빙 돌아서 다시 경사가 시작되는 길목에 걸터앉았다. 오래 걸은 발을 쉬게 해주려 등산화를 벗으면서 승문이 해준 이야기를 떠올렸다.

아침부터 걷다보면 오후 늦게나 해질 무렵에 어느 마을에 도착해. 그곳에서 하룻밤을 보내고, 아침이면 다시 다른 마을을 목적지로 삼지. 그때는 걷는 것 말고는 달리 할일도 없었으니까. 그날도 그렇게 걷다가 오후 무렵 야트막한 고개의 정상 부근에 이르렀어. 길 아래쪽으로 호수가 보였어. 호기심이 생겼지. 호수 쪽으로 가는 한적한 오솔길로 접어들었어. 가시덤불을 헤치고 가야 했지. 도착해보니 호수가 넓더라고. 멀리 건너편에 집 한 채가 가물가물 보였어. 로지처럼 보여서, 오늘은 저기에서 머물면 될 거라고 마음을 놓았지. 배낭도 내려놓고, 신발과 양말도 벗고. 햇볕이 따듯해서 풀밭에 누워 깜빡 졸았나 싶어.

한기가 들어 잠이 깼는데 해가 지고 있었어. 설산이 황금빛으로 물드는 광경을 바라보다가, 배낭을 둘러메고 호수 저편에 있는 집을 향해 걸었어. 호수를 빙 돌아서 가다보니 눈으로 볼 때보다 한참 멀더라고. 그때부터 불안했어. 과연 도착해보니 로지 같은 건 없고, 집처럼 보인 것은 돌로 쌓은 벽이었어. 짓다가 만 집이었지. 벽에 창문까지 달려 있는데 그뒤는 허공인 거야. 어떻게 이럴 수가 있지? 머릿속이 하얘지더라고. 그 자리에 서서 생각했어. 이건 마치 내 인생 같구나. 내 인생이 어떤 것인지 보여주기 위해 누군가가 일부러 세워놓은 벽인가보다.

금희는 고개를 들어 호수 주위를 살펴보았으나, 집 같은 것은 어디에도 없었다. 전깃줄이 여러 개 얽혀 있는 전봇대 하나가 쓰러질 것처럼 서 있을 뿐이었다. 등산화를 다시 신는 금희옆으로 윤이 묵묵히 지나쳐갔다. 말 한마디가 나오지 않을 정도로 힘든 것 같았다.

묵티나트에 도착할 때까지 빗줄기는 그쳤다가 흩뿌리다가 오락가락했다. 로지들이 모여 있는 거리로 들어서자 비가 다시 내리기 시작했다. 거리 입구의 어느 로지 앞에 윤과 포터가 서 있었다. 날은 어두워가는데, 미미와 다른 일행들은 아직 모습이 보이지 않았다.

"선생님, 여기 방이 있다는데 올라가서 둘러보고 오실래요? 저는 다른 사람들을 기다리고 있을게요."

윤이 부탁했다. 금희는 배낭을 내려놓고 포터를 따라 안으로 들어갔다. 좁은 나무계단을 올라가니 꽤 넓은 2층이 나타났다. 큰 방 서너 개가 있고, 방마다 이미 등산객 서너 명이 자리를 잡고 있었다. 포터가 구석 방문을 열어 내부를 보여주었다. 좁은 방에 나무 침상이 다섯 개나 나란히 놓여 있었다. 시트도 담요도 언제 세탁했는지 알 수 없을 정도로 낡고 지저분했다.

"한 방에서 다섯 명이 잘 수는 없잖아요."

금희는 로지에서 나와 윤에게 설명했다. 나머지 일행도 도착해서 현관 앞에 주저앉아 있었다. 미미는 거의 탈진 상태였다.

"산에 올라오면 다 그래요."

"위로 올라가서 더 나은 곳을 찾아보고 싶어요."

"다들 너무 지쳤어요. 원래 포터들이 자기 단골집으로 손님들을 데려가요. 웃돈을 좀 받아야 그 사람들도 먹고살아요."

"난 여기서 못 자겠어요. 혼자 올라가서 다른 곳을 찾아보고 올게요."

갑자기 윤의 표정이 굳어지더니, 한숨을 쉬면서 덧붙였다.

"마음대로 하세요."

금희는 비가 부슬부슬 내리는 언덕으로 천천히 올라갔다. 포터가 뒤따라왔다. 금희는 외관상 새로 지은 듯 보이는 로지들만 골라서 들어갔다. 대부분 방이 없었고, 어쩌다가 빈방이 있어도 여러 명이 함께 자야 하는 곳이었다. 로지들이 늘어서 있는 거리의 막바지에 이르렀을 때 '24시간 핫 샤워'라고 써 붙인 로지가 눈에 띄었다. 인터넷에서 많이 언급된 곳이라 금희가 마음에 둔 곳이었다. 그곳에는 빈방이 없었다. 그러나 비슷한 구조인 바로 옆 로지에는 2인실과 3인실이 모두 가능했다. 뜨거운 물이 나오는 욕실이 붙어 있는 방이었다. 금희가 그곳에서 방 두 개를 얻으려 하자 포터와 로지 주인이 네팔어로 대화를 나누었다. 무슨 말을 했는지 알 수 없으나 포터는 실망한 표정이었다. 일행이 기다리고 있는 언덕 아래쪽으로 내려가면서 금희는 그에게 이름이 무엇이냐고 물었다. 마이 네임? 니마,라는 대답이 돌아왔다. 대화는 그걸로 끝이었다. 니마는 금희의 이름을 묻지 않았다.

윤과 일행에게 금희는 유명한 로지의 옆집에 방을 얻었다고, 뜨거운 물이 나오는 욕실이 붙어 있는 깨끗한 방이라고 전했다. 환호성을 기대했으나, 10분 정도 더 올라가야 한다고 덧붙이자, 모두 어두운 표정이 되었다. 10분이든 5분이든 다시 걸어야 한다는 사실이 모두에게, 특히 미미에게는 너무 괴로운 일인 듯했다. 사람들은 굳은 얼굴로 주섬주섬 배낭을 챙겨

일어섰다. 앞장서서 걷는 금희의 곁으로 윤이 다가왔다.

"제가 선생님을 잘못 본 거 같아요."

금희는 이게 무슨 소린가 싶어서 고개를 돌려 윤의 얼굴을 바라보았다.

"저는요, 선생님이 정말 좋은 사람인 줄 알았어요."

윤은 금희를 지나쳐 성큼성큼 가버렸다. 니마는 금희가 정한 숙소에 짐을 옮겨다 놓고 단골 로지로 내려갔다.

그날 밤 미미는 두통과 오한을 호소하다가 화장실에 가서 토하기 시작했다. 물과 전기가 이미 끊어진 뒤였다. 금희는 손전등을 켜고 미미의 상태를 보러 갔다. 어둠 속에서 미미는 변기를 찾지 못했는지 온종일 먹은 음식을 화장실 바닥에 토해놓았다. 미미가 비틀거리며 침대로 돌아간 뒤 금희는 휴지로 토사물을 닦아냈다. 소화되지 않은 라면 면발들이 시큼한 냄새를 풍기며 바닥에 흩어져 있었다. 화장실을 대충 치운 뒤 침대로 돌아와 미미를 살펴보았다. 몸을 덜덜 떨고 있었다. 어제보다 더 추운 밤이었다. 침낭을 바꿔줄까 잠시 망설였지만, 모르는 척하자는 마음이 더 강했다.

아침에 금희는 심한 두통을 느끼며 잠에서 깨어났다. 묵티나트사원으로 출발하기 위해 로지 앞에 모인 일행 모두 두통과 메스꺼움을 호소했다. 미미는 수척해진 얼굴로 아무 말도 하지 않았다. 고산병에는 산 아래로 빨리 내려가는 것밖에는 달리 방법이 없다며, 윤은 모두 사원까지 가능한 한 빨리 다녀

온 뒤 좀솜으로 내려가자고 했다.

108개의 물줄기가 현생의 죄업을 씻어준다는 힌두교 사원을 지나 오색으로 펄럭이는 타르초가 불탑을 휘감고 있는 티베트 곰파로 넘어갔다. 하얀 돌을 쌓아 만든 오두막 같은 곳이었다. 금희는 불상 앞에서 절한 뒤, 앞선 사람들을 따라 바닥에 엎드려 작은 구멍 속을 들여다보았다. 희미한 파란 불꽃이 보였다. 불의 여신이 전해준 '영원히 꺼지지 않는 불'이라 했다. 사원을 빙 둘러 밖으로 나오니 윤과 일행이 초르텐이라 부르는 탑 근처에 모여 있었다. 금희는 그들과 어느 정도 거리를 두고 멈춰섰다. 이야기 소리가 들려왔다.

"조그만 가스레인지 불꽃 같은 것을 보면서도 뭔가를 빌게 되더라고. 너희들도 그랬어?"

"그게 뭐라고 나도 막 엄숙해지더라. 다른 사람을 미워하지 않게 해달라고 빌었어."

"어? 나도 그랬는데."

윤의 목소리에 이어 미미의 목소리가 들려왔다.

"어머, 신기하다. 나도 그렇게 빌었어요. 아무도 미워하지 않게 해달라고."

금희는 아무것도 빌지 않았다. 다른 사람을 미워하지 않게 해달라니, 아직은 모두 좋은 사람인가보다,라는 생각이 들었다. 복잡한 인연으로 쌓인 업을 스스로 풀 길이 없음을 깨닫게 되면, 자신이 좋은 사람이라는 믿음은 저절로 사라지게 된다.

다른 사람에게 그리고 자기 자신에게 미움받지 않게 해달라고, 간신히 빌 수 있을 뿐이다. 금희는 문득 윤의 글을 떠올렸다. 소망이 소중한 이유는 노력한다고 해서 이루어지는 게 아니기 때문이라는 것.

결국 지프를 타기로 했다. 이틀 내내 걸어올라온 길을 두 시간도 안 걸려 내려왔다. 좀솜에 도착하니 금희의 두통은 거짓말처럼 사라졌다. 세상이 비현실적으로 보이는 느낌은 여전했다. 다른 이들도 두통과 메스꺼움이 멈추었다고 했으나, 모두 지쳤으므로 오후 내내 쉬면서 1박하고 내일 트레킹 일정을 다시 짜기로 했다. 숙소를 결정할 때 다시 의견이 엇갈렸다. 금희는 가격이 아무리 비싸도 뜨거운 물이 잠깐이라도 나오는 욕실이 딸린 방을 원했다. 윤과 후배들은 가격이 저렴한 로지로 가겠다고 했다. 결국 금희는 혼자 호텔에 묵기로 하고 미미와 윤의 일행은 단체실이 있는 로지로 갔다. 아침 일찍 금희가 그들의 숙소 앞으로 가기로 했다.

호텔방에서는 와이파이가 잡혔다. 금희는 스마트폰을 켜고 메일을 확인했다. 금희가 포카라에서 보낸 메일은 여전히 읽지 않은 상태였다. 그런 상태로 다시 10년이 흐를지도 모르는 일이었다. 금희는 읽지 않아도 좋다는 마음으로 짧은 메일을 하나 더 보냈다. 이제는 너를 승문이라고 부르면 안 될 거 같아. 스님. 성불하세요. 그날 밤 포카라를 떠난 뒤 처음으로 깊이 잠들었다. 아침에 금희는 간밤의 꿈을 돌이켜보며 이상한 기분에 잠겼다. 꿈속에서 호수를 보았다. 호숫가에는 일곱 그루의 나무가 늘어서 있었다. 예전에 승문이 자주 꾼다고 하던 꿈과 비슷했다.

아침 일찍 금희는 윤의 일행이 머무는 숙소 앞으로 갔다. 10분쯤 일찍 도착하니, 니마 혼자 현관 앞 돌계단 앞에 서 있었다. 금희는 니마에게 다가가 물었다.

"좀솜 근처에 호수가 있나요?"

니마는 무표정한 얼굴로 금희를 바라보았다. 금희는 짧은 영어와 손짓을 섞어 질문을 거듭했다. 니마는 잠깐 어리둥절한 표정을 짓더니 대답했다. 둠바 레이크. 고우 투 브릿지. 고우 티니가온.

"여기서 얼마나 걸려요?"

니마는 써티 미닛이라고 했다가 다시 원 아워라고 고쳐 말했다. 그러는 사이 윤의 일행이 나타났다. 그들은 버스를 타고 타토파니까지 내려가기로 했다고 금희에게 말했다.

"타토파니에는 온천이 있어요. 거기서 하루 자고 고레파니로 올라갈까 해요."

금희는 마을 옆 개울가에서 뜬금없이 뜨거운 물이 솟는 데가 있더라는 승문의 말을 떠올렸다. 사람들이 몰려들어서 옷을 입은 채로 목욕한다고 했다. 승문은 정말로 이 길을 지나간 것일까. 안나푸르나를 한 바퀴 돌았다면 당연히 좀솜을 지나타토파니로 내려갔을 것이다. 윤의 일행을 따라 버스 정류장을 향해 걷다가 금희는 갑자기 깨달았다. 죽을 때까지 다시는 이곳에 오지 않을 것임을. 지금이 마지막 기회라는 것을.

"나는 여기서부터 혼자 갈게요. 꼭 들러보고 싶은 곳이 있어서요."

버스 정류장에 도착했을 때 윤에게 말했다. 윤은 펄쩍 뛰면서 만류했다. 그러나 금희는 고레파니로 다시 올라가고 싶지 않으며, 근처에 있는 호수에 들렀다가 천천히 베니까지 걸어가서, 그곳에서 버스를 타고 포카라로 가겠다고 설명했다. 스마트폰에 지도를 받아왔고, 다른 트레커들도 있을 테니 걱정하지 말라고, 조심해서 가겠다고 덧붙였다. 윤은 여전히 마뜩하지 않아 했으나, 금희는 니마에게 자신의 침낭과 짐을 받아 배낭을 다시 꾸렸다. 그리고 포카라에서 다시 보자는 인사를 건네고 윤의 일행과 헤어졌다.

금희는 좀솜 시내의 여행사에 들러 둠바호수로 가는 길을 물었다. 티니라는 마을로 가는 다리를 건너서 가다가 이정표가 나오면 오른쪽으로 가라고 했다. 시간은 두 시간쯤 걸릴 것이며 그곳에서 마르파로 내려가는 오솔길이 있다고 지도를 펴보이며 알려주었다. 금희는 마을을 가로지르는 호젓한 골목을 지나 현수교를 건넜다. 혼자 걷고 있으니 외로움이 몰려왔다. 과연 호수를 잘 찾아갈 수 있을지 걱정도 되었다. 엊그제 윤의 일행과 묵티나트로 올라가던 여정이 전생의 일처럼 느껴졌다.

히말라야의 산자락을 오르는 동안에는 봄 여름 가을 겨울을 다 체험한다는 말을 들은 적이 있었다. 그 말의 원래 의미와는 다르겠지만, 지나온 2박 3일의 시간이 1년처럼 느껴졌다.

마을을 지나 산길로 접어들었으나 다른 여행객들은 보이지 않았다. 다행히 오롯이 하나로 이어진 길이었다. 구보하는 군인들과 냇가에서 물을 먹고 있는 당나귀 한 마리를 만났을 뿐이다. 경사가 급하지 않은 산길을 오르락내리락하던 끝에 오른쪽은 티니, 왼쪽은 둠바호수를 가리키는 이정표에 이르렀다. 그곳에서 한 시간쯤 걸었고 다시 마을 하나를 지나치자마자 산길의 왼쪽 아래쪽으로 청록색으로 빛나는 호수가 나타났다.

호수는 철조망 울타리로 둘러쳐져 있었다. 울타리 위로 오색의 타르초가 말갈기처럼 휘날렸다. 가까이 다가가니 입장료를 받는 관리실이 보였다. 관리실 옆에는 표지판이 하나 서 있었다.

"이 호수는 쿠첩 테렝가 곰파와 역사적 종교적으로 밀접한 관련이 있다. 그런 연유로 이 호수에서 사는 물고기는 종교적 목적으로 키우는 것이며, 잡아서 먹는 것을 금지한다. 호수의 물은 신성한 것으로 여겨, 사원에서 종교적 의식을 행할 때 사용한다. 샹바 린포체 이세가 영적인 의식을 행하면서 이 호수에 곡식과 귀중한 금속을 담은 병을 묻었다."

관광객은 하나도 없었고, 호수 위쪽으로 작은 곰파와 문을 닫은 것처럼 보이는 식당 건물이 보였다. 금희는 배낭을 내려놓고 호숫가 산책로에 잠시 주저앉았다. 주위를 둘러보니, 멀리 호수 건너편에 집 한 채가 서 있는 게 눈에 들어왔다. 앉아 있던 자리에서 일어나 그 집을 향해 천천히 걸어갔다. 집의 모습이 분명히 보이는 곳에 이르렀을 때 걸음을 멈추었다. 이제 집은 짓다가 만 형태가 아니었다. 푸른색 지붕과 네 개의 벽, 창문과 문이 있어야 할 자리에 제대로 있는 완전한 집이었다. 금희는 마음이 놓였고, 왠지 기뻤다. 승문이 10년 전에 본 집이 바로 저 집일 거라는 확신이 들었다. 그러자 누군가를 향해 엎드려 절이라도 하고 싶은 심정이 되었다. 금희는 혼잣말로 중얼거렸다. 스님. 이제 집이 다 지어졌어요. 내가 지금 여기에서 봤어요.

　바로 옆에서 마치 대답이라도 하듯 타르초가 거센 바람에 힘차게 펄럭였다. 금희는 바람이 세상을 한 바퀴 돌고 다시 이 자리를 지나갈 때쯤 자신의 업도 흩어지고 사라지기를 소망했다.

만주

—견고한 모든 것들은 대기 속으로 사라진다[*]

---
[*] 카를 마르크스의 『공산당 선언』에서

첫서리가 내린 늦가을의 어느 날, 손만호는 물결 따라 흘러가는 뱃머리에 걸터앉아 강물을 내려다보고 있었다. 가을걷이한 콩 여섯 섬을 싣고 임진강을 따라 내려가는 길이었다. 물려받은 땅을 일궈 먹는 농사꾼이던 그는 임진강 줄기를 따라 고랑포까지 올라온 장사꾼들과 거래하다가 직접 장사에 뛰어들게 되었다. 배를 빌려 콩을 싣고 강화도 외포항까지 내려갔다. 콩을 팔아 소금과 젓갈을 샀고, 그것을 싣고 돌아와 되팔았다. 그렇게 돈을 모아 땅을 샀다. 땅은 다시 돈을 만들어주었다. 자욱한 물안개 속에서 잿빛 왜가리 한 마리가 뱃전을 스치듯 날아갔다. 새는 날개를 퍼덕이다가 강의 북쪽 절벽 위 소나무 가지에 천천히 내려앉았다. 지금쯤 아내는 몸을 풀었을까. 넘실거리는 물결을 바라보는 그의 마음이 편치 않았다. 때와 신용

을 놓칠 수 없어, 산통으로 괴로워하는 아내를 형수에게 맡겨
놓고 집을 나선 터였다. 둘째는 사내아이일까, 계집아이일까.
손만호는 문득 고통과 수심이 가득한 얼굴로 자기를 바라보던
아내와 마뜩잖은 표정이던 형수를 떠올렸다. 형수는 원래 말이
없고 매사에 무덤덤한 사람이었다. 그러나 아내가 둘째를 가
져 배가 불러오자, 점점 성마르게 굴다가 발걸음도 뜸해졌다.

　형과 형수는 혼인한 지 10여 년이 넘었음에도 자식을 보지
못했다. 몇 년 전까지 동학이니 만민공동회니 하며 밖으로 돌
던 형은 이제 방안에 들어앉아 책장만 넘기고 있었다. 나라를
개조하고 민족을 개조해야 한다는 말을 입에 달고 살다가도,
형은, 우리 집안에는 공조 참의까지 지낸 어른이 있다고, 헛기
침하듯 중얼거릴 때가 있었다. 형을 생각하면 만호는 명치끝
이 꽉 막힌 듯 답답했다. 전설로 내려오는 공조 참의의 존재 여
부와 상관없이 그의 집안은 기껏 높이 올려봤자 향리에 속하
는 중인계급이었다. 시야가 분명하지 않은 시절이었다. 그는
무엇보다도 돈을 벌어야 한다는 사실을 몸으로 깨닫고 있었
다. 돈이 가장 중한 시절이 올 것이다. 그의 몸속에 흐르는 피
는 양반이나 농사꾼의 것이 아닌 게 분명했다. 그보다는 봇짐
장수로 평생 떠돌던 외조부의 피에 더 가까웠다. 그가 믿는 것
은 발로 디딜 수 있는 단단한 길, 혹은 지금 무거운 콩 섬을 떠
받치고 가는 강물처럼 매끄럽고 확실한 길이었다. 손에 잡히
지 않는 길, 보이지 않는 길, 언젠가는 광기나 억지로 변질되는

마음속의 길 따위는 믿지 않았다. 아침 햇살이 물안개를 흩뜨리면서 강물의 검푸른 용틀임이 드러나자, 그는 생각했다. 오늘 태어날 아이가 사내아이라면, 맏이 경돈을 형의 양자로 보내야겠다고.

소화 15년 시월의 어느 날, 손임돈은 봉천행 열차를 타기 위해 경성역 안으로 들어섰다. 서리가 내린다는 그날은 마흔두 해 전 그가 태어난 날이기도 했다. 그러나 그는 동행도 배웅 나온 사람도 없이 홀로 역 안으로 들어섰다. 경성역 구내는 혼잡했다. 오후 3시 30분 출발 열차를 타러 온 사람들은 임돈과 마찬가지로 대부분 가죽가방을 든 양복쟁이거나 화사한 관광객 차림의 일본인이었으나, 만주에서 새로 터전을 잡기 위해 떠나는 농민들도 꽤 눈에 띄었다.

소화 7년에 만주국이 세워진 뒤 만주로 떠나는 사람들의 수가 나날이 증가했다. 임돈은 역 한구석에 몰려서 있는 흰색 옷차림의 사람들을 보면서, 선만척식주식회사가 15년간 총 15만 호의 조선 농민을 만주로 이주시키는 사업을 실행할 계획이라는 신문기사를 읽은 기억이 떠올랐다. 뿌리를 뽑힌 채 떠돌아야 할 운명을 어쩔 수 없이, 혹은 스스로 받아들인 이들은 분주하고 불안정해 보였으며, 짐보따리와 옷차림 또한 제 것이 아닌 양 어색했다. 만주 이주자들은 제품의 형태로 된 물건들을 가지고 국경을 넘을 수 없었다. 검문할 때 순사나 세관리들은 팔 수 있을 만한 물건이다 싶으면 여지없이 압수했다. 따라서 이주 자금이기도 한 광목 같은 것을 옷감 형태 그대로 가지고 나가는 일은 상상할 수 없었다. 사람들은 무명으로 옷을 겹겹이 해입거나, 옷 속에 무명을 몇 번 휘감거나, 아이를 무명 띠로 칭칭 동여매어 업은 채 검문을 통과했다.

아이의 칭얼거림과 새된 기침소리가 임돈의 뒤통수를 잡아당겼다. 그는 걸음을 멈추고 뒤를 돌아보았다. 역 출입구 근처에서 젊은 부부가 바닥에 주저앉아 서너 살 된 계집아이를 어르고 있었다. 아이의 창백한 얼굴이 눈에 들어왔다. 임돈은 잠시 머뭇거렸다. 그리고 젊은 부부를 향해 한 걸음을 내디뎠다가 다시 멈춰섰다. 들고 있는 가죽가방 속에는 청진기와 체온계가 있었다. 그렇다고 해도 무엇을 할 수 있을까. 그는 힘겹게 기침을 내뱉는 아이의 푸르스름한 입술을 잠시 눈여겨보았으나, 몸을 돌려 가던 방향으로 다시 걸었다. 가방의 무게가 묵직하게 손목으로 전해져왔다. 안에는 만주의 엄혹한 겨울을 견딜 동복 한 벌과 솜옷 등속 외에, 짐을 꾸리는 마지막 순간에 임돈이 직접 챙겨넣은 은으로 된 액자 하나가 들어 있었다. 액자 속 사진에는 콧수염을 기르고 동그란 안경을 쓴 임돈 자신과 그의 무릎 위에 올라앉은 단발머리 계집아이의 모습이 담겨 있었다. 앞머리를 가지런히 내려 단아한 이마를 가린 아이는 몇 해 전 폐렴으로 세상을 떠난 맏딸 기정이었다.

조금 전에 마주친 병색이 완연한 아이의 얼굴 위로 기정의 얼굴이 겹쳤다. 임돈은 이미 차갑게 굳어버린 심장에 미세한 금이 가는 것처럼 욱신거림을 느꼈다. 기정은 임돈의 첫아이였다. 여섯 살이 되었을 때, 임돈은 재미삼아 기정에게 천자문을 가르쳤다. 아이는 하루에 몇 글자를 배우든, 배운 글자들을 고스란히 기억했다. 아직 힘에 부쳐 혼자서 진찰실 문을 밀어서 열 수 없는 어린아이일 때도 어디서 찾아냈는지 잃어버린 임돈의 안경을 들고 문을 두드렸다. 무슨 말을 하고 어떻게 웃고 언제 진찰실 밖으로 나가야, 아비의 마음이 기쁘고 편안한지 헤아릴 줄 아는 아이였다. 임돈은 총명하다 소릴 듣던 자신의 어린 모습을 기정의 맑은 눈빛에서 찾곤 했다. 제 어미를 닮아 유난히 흰 살갗과 단정한 이목구비를 볼 때도 흐뭇했다. 기정은 말 그대로 임돈과 경옥의 애틋한 결실이라 할 수 있었다.

외투 주머니에서 회중시계를 꺼내 들여다보았다. 열차 출발 시각까지는 아직 20분 남짓 남아 있었다. 임돈은 몸을 돌려 출입구 근처로 되짚어가보았다. 아픈 아이를 달래던 젊은 부부를 찾았으나, 그들의 모습은 보이지 않았다. 임돈이 역 구내로 발길을 돌리자, 어디선가 어린아이의 울음소리가 들려왔다. 소리가 들리는 쪽으로 고개를 돌리니 삼등대합실 부근에서 젊은 부부의 모습이 언뜻 눈에 띄었다. 중절모를 쓰고 짙은 잿빛 외투를 입은 임돈이 사람들 사이로 헤집고 들어가자 주위가 잠시 술렁였다. 그는 아이의 이마에 손을 얹었다. 뜨거웠다. 지친 표정의 젊은 부부가 임돈을 바라보았다.

"지금 당장 병원으로 데려가세요. 병이 위중해 보입니다."

아이는 칭얼거림을 멈추고 기침과 가래를 토해냈다. 숨 쉬는 것조차 힘겨워 보였다.

"저는 의사입니다. 아이가 여행을 견뎌내지 못할 겁니다. 제 말을 들으세요."

부부는 멍한 표정으로 아무 대답 없이 임돈을 바라볼 뿐이었다. 임돈 역시 그들의 무반응에 잠시 망연했으나, 곧 냉정함을 되찾았다. 그는 흘끔거리며 몰려드는 구경꾼들 사이를 빠져나왔다.

플랫폼을 향해 걸어가면서, 임돈은 외투 안주머니에 손을 넣어보았다. 유태련이 건네준 봉투를 단속하려는 것이었다. 며칠 전 경성으로 올라온 뒤 만주행 열차표를 구할 때까지 임돈은 원서동 태련의 집에서 며칠 묵었다. 태련은 임돈이 의전을 마치고 혜산진 도립의원에서 공의로 일할 때 만난 동무였다. 태련은 경성제대 농학부를 졸업하고 고등문관 시험에 합격한 수재였으나, 조선인이라는 이유로 개마고원으로 발령이 나서 농림국 소속 삼림 주사로 일하고 있었다. 두 사람은 의형제를 맺을 정도로 가깝게 지냈다. 뼛속까지 스며드는 지독한 추위가 낳은 적막과 궁벽의 고장에서 체호프나 톨스토이 그리고 볼셰비즘과 아나키즘을 이야기할 수 있는 동무는 어떤 재화보다도 소중한 존재였다. 태련이 경성으로 발령받아 돌아간 뒤, 임돈 역시 1년이 지나지 않아 처가가 있는 원산으로 옮겨

병원을 개업했다.

"만주로 가겠다니, 갑작스럽게 왜?"

상경한 날 밤이었다. 마주 앉아 술잔을 기울이며 태련이 물었다. 그는 2, 3년에 한 번쯤 송도원해수욕장에서 여름휴가를 보낸다는 명목으로 임돈을 보러 오곤 했다. 임돈은 잠시 망설였다. 어디서부터 어디까지 이야기해야 할까? 아달린 수십 알을 삼키고 혼수상태에 빠진 경옥의 창백한 얼굴이 눈앞을 스치고 지나갔다.

"병원 건물을 증축하면서 빚을 좀 졌어. 시절이 시절이라 은행에서는 융통이 힘들다고 하더군. 하는 수 없이 장인의 주선으로 사채를 썼다네. 나진에 땅을 사두었다가 벼락부자가 되었다는 자에게 돈을 좀 빌렸지. 그런데 병원 경영이 힘들어지니 이자를 올려라, 원금을 갚아라, 하면서 주먹패들을 보내서 괴롭히더군."

"자네 장인이 주선을 했다고? 악수를 두었군."

임돈은 자신의 집안 사정을 거의 모두 꿰고 있는 태련의 얼굴을 멍하니 바라보았다. 담담한 어조와 마찬가지로 표정에서도 아무 감정을 읽을 수 없었다. 피와 살을 나눈 형제처럼 막역했으나, 그럼에도 태련은 쉽게 속내를 드러내는 사람이 아니었다. 혜산진 시절에는 술기운을 빌려 러시아혁명과 코뮤니즘을 입에 올릴 때도 있었고, 조국 해방과 무계급 낙원의 꿈을 슬그머니 내비치기도 했다. 그러나 기실 태련은 유서 깊은 양반가문에서 태어난 사람이면서, 지금은 총독부 산하 농림국 주사로 있는 제국의 관료이기도 했다.

"돈이 문제가 아니라네. 돈을 빌미로 약을 대라는 거야. 병원에서는 싼값으로 모르핀을 구할 수 있다는 것을 알고 하는 수작들이지."

"그곳에서도 아편 주사가 유행이란 말인가. 아편에 노름에, 나라꼴이 말이 아닐세. 일하고 싶어도 일자리가 없고, 사랑할 민족도, 조국도 잃어버린 신세니. 모두 만주로, 상해로, 구라파로, 미국으로, 또 어느 딴 세상으로 떠나는군. 자네마저도."

임돈은 태련에게 고약한 사연을 털어놓았다. 얼마 전 일과를 끝내고 진료실에 혼자 앉아 술잔을 기울이고 있을 때였다. 원산 시내 주먹패의 오야붕이 진료실 문을 밀고 들어왔다. 그는 다짜고짜 임돈에게 빚을 갚지 못할 거면 모르핀을 달라고 요구했다. 의사는 쉽게 모르핀을 구할 수 있다는 사실을 그는 알고 있었으며, 임돈이 아편중독자들을 치료하기 위해 입원실을 증축했다는 것도 알고 있었다. 그는 임돈이 자신의 사업을 가로챘다고 하면서, 모르핀을 헐값에 넘기라고 종용했다. 사업을 가로챘다는 게 무슨 말이냐고 묻자, 그는 임돈이 환자들에게 합법적으로, 그것도 비싼 값으로 모르핀을 팔아넘기고 있다는 사실을 알고 있다고 대답했다. 임돈은 막무가내로 억지를 쓰는 사내에게 무슨 말을 어떻게 해야 할지 알 수 없었다. 몇 년 동안 너무 많은 일들이 한꺼번에 일어났고, 너무 지처 있었다. 임돈은 자리에서 일어나 진료실 밖으로 걸어나가려 했다. 그 순간 오야붕은 사나운 말과 함께 허리에 차고 있던 일본도를 뽑아 진료실 마룻바닥에 내리꽂았다. 임돈은 정신이 아득해졌다. 그의 입술에서 경옥과 기혁의 이름이 흘러나오는 것을 들은 듯했다.

플랫폼 안에는 적지 않은 사람들이 웅성거리며 서 있었다. 임돈은 크고 작은 보따리에 바가지와 솥단지까지 주렁주렁 매단 사람들과 마주쳤다. 총독부가 주관한 토지조사사업은 복잡한 서류 작업과 분쟁의 과정이었고, 이후에 땅과 집을 잃고 떠도는 이들이 생겨나기 시작했다. 수년 전부터 영남 일대에 가뭄과 홍수가 번갈아 휩쓸고 지나가면서 이재민들이 만주로 내몰리는 상황이라고 들었다. 그저 흉흉한 소문으로만 존재하던 이들이 임돈의 눈앞에 번연히 나타난 것이다. 일본인의 차별이나 중국인의 텃세가 아무리 심해도, 마적떼가 기승을 부려도, 땅만 있다면 몸을 부려 식솔을 먹여 살릴 수 있으리라는 믿음으로 살아가는 이들이었다. 임돈은 그들의 얼굴 하나하나를 유심히 보지 않으려 애썼다. 땟국에 절은 흰옷 같은 절박한 믿음이 배반당하지 않기를 바랐지만, 한편으로는 아버지 손만호의 말을 떠올리지 않을 수 없었다. 앞으로는 돈이 권력이며 신분인 '돈의 세상'이 될 것이라고 호기롭게 내뱉은 예언이었다. 반신반의했으나 그 말은 점차 현실로 드러나고 있었다. 평택인지 천안인지 어디에선가 트럭 운전을 하던 이가 우연히 금광을 발견했다는 소식이 온 나라를 들었다 놨다 했다. 그이는 금광을 통째로 일본인에게 거금 60만 원을 받고 팔아넘겼고, 그 돈을 가지고 만주 땅을 사서 배로 불렸다고 했다. 트럭 운전사를 본받아 너도나도 금광을 찾아 돌아다니는 열풍이 한바탕 지나갔다. 그뒤에는 증거금 10분의 1만 있으면 백배 천배로 돈을 불릴 수 있다는 주식으로, 또는 쌀 투기의 장으로 사람들이 벌떼처럼 모여들었다. 일확천금의 꿈은 별다른 희망이 없는 조선땅의 유일한 종교였다. 사람들은 부모도 자식도 목숨도 걸 기세로 돈을 좇아 달렸다.

귀를 찢는 듯한 기적소리와 함께 봉천행 노조미호가 플랫폼으로 미끄러져 들어왔다. 임돈은 흰 연기를 내뿜는 기관차의 검은 몸체를 보며 자신에게 달려오는 운명과 마주하는 착각에 빠졌다. 운명이라는 것은 세상에 존재하지 않는 양 기척 없이 숨죽이고 있다가 돌연 저돌적이고 막강한 물성을 과시하며 나타났다. 일단 한번 그 존재를 드러내고 나면 주인공이 지치고 황폐해질 때까지, 그래서 삶이든 운명이든, 그 무엇의 주인공이라는 것을 저주하게 될 때까지 냉혹하고 무자비하게 굴었다.

20여 년 전, 새벽의 연천역 플랫폼에서 첫차를 기다리던 기억이 떠올랐다. 5년 동안 지속된 기차 통학의 첫날이었다. 원산에서 출발해 밤새 달려온 열차가 코앞에 섰을 때, 그는 미래의 어느 날, 자신이 반대 방향으로 가는 기차에 올라탈 것이고 그것으로 인해 삶이 완전히 바뀌리라는 것을 예측하지 못했다. 경성의 B학교에 입학하여 새 세상을 보게 된 것이 벅찰 뿐이었다. 이후로 새벽밥을 먹고 역으로 걸어나와 첫차를 타고 동경성역에 내렸다. 그곳에서 다시 전차를 타거나 걸어서 등교했다. 학교를 졸업하자, 아버지는 장사를 배우라고 종용했다. 한동안 장부 정리를 하면서 청지기 덕수의 뒤를 따라다녔으나, 더 넓은 세상을 보고 느끼고 싶은 갈증을 가라앉히기 힘들었다. 일본 유학을 갔다 오면 총독부에도 취직할 수 있다고 아버지를 설득하기 시작했다.

이듬해 여름에 어머니가 열병으로 갑자기 세상을 떠났다. 모친상을 치르고 반년이 지나지 않아 아버지는 임돈에게 유학을 갔다 오라며 선선히 돈을 내밀었다. 해가 바뀌면서 임돈은 현해탄을 건넜고, K학원 중등부에 편입했다. 얼마 안 있어 아버지가 새로 젊은 부인을 얻었다는 소식이 일본으로 전해졌다. 임돈은 검정고시 준비를 핑계로 방학에도 귀국하지 않고 동경의 하숙집에서 지냈다. 돈이 떨어지면 우유배달을 하거나 잠시 인력거를 끌기도 했다. 명절에는 유학생들끼리 모여, 이등 국민으로, 가난한 고학생으로 천대받고 사는 고달픔을 서러워하며 술잔을 기울였다. 신세 한탄의 내용은 주로 조선인임을 자괴하면서 일본인들을 비난하는 것이었다.

"본래 조선인 기질이 호언장담을 좋아하고 내용 없이 떠들기를 즐기지 않는가. 게다가 편벽한 당파적 시기심까지 적지 않으니. 공업과 농업의 경우 50년이 지나도 일본을 따라갈 수 없을 거네."

"모두가 양반입네 하는 이들 탓이지. 그들은 퍽 계급적이고, 퍽 보수적이고, 퍽 이기적이었네. 계급적을 평등적으로, 보수적을 진취적으로, 이기적을 애타적으로 바꾸어야만 하네. 민족을 개조해야 해."

"일본은 조선과 중국을 침략한 불의의 존재네. 남녀불평등에 관존민비 의식, 노동자 농민의 경제적 불평등 등 문제가 많은 나라야. 일본을 본받을 수는 없다고. 러시아에서 일어난 혁명으로 눈을 돌려야지."

"혁명이 좋기만 한 것은 아니네. 레닌 씨의 볼셰비즘은 동의할 수 없는 부분이 많아."*

임돈은 대체로 말없이 귀 기울이고 앉아 있는 편이었다. 그는 동무들의 넓은 식견과 예리한 통찰에 감탄했으나, 스스로는 늘 겉돌았다. 아버지의 표현을 빌리자면, 나라나 민족에 대한 걱정은 양반님네들의 일이었다. 또한 큰아버지 손만일의 일이고, 자기 몫이 될 논마지기를 팔아 상해로 건너간 형 경돈의 일이기도 했다. 일찌감치 세상 돌아가는 이치를 꿰었다고

---

* 류시현, 「1910~20년대 일본유학 출신 지식인의 국제정세 및 일본인식」(『한국사학보』, 1999). 박찬승, 「1920년대 도일유학생과 그 사상적 동향」(『한국근현대사연구』, 2004년 가을호).

자부하는 장사꾼 손만호는 늘 강조하곤 했다. 양반의 자리에 일본이 들어왔을 뿐이라고. 어차피 세상이 한번 뒤집혀야 돈의 길이 열리는 법이라고. 임돈은 큰아버지의 높고 아득한 길이나 아버지의 낮고 단단한 길 어느 쪽으로도 들어서고 싶지 않았다.

임돈은 그들과는 달랐다. 이미 별천지 동경을 목격한 사람이었다. 미쓰코시백화점 옥상에 올라가 자동차와 마차, 전차, 자전거들이 먼지와 소음을 뿜어내며 달리는 길을 내려다보았다. 현대문명은 바퀴와 소음과 빛의 혼종임을 실감했다. 니혼바시와 긴자 거리에 들어선 웅장한 서구식 건물들 사이를 지나다녔고, 전봇대들 사이로 전깃줄이 어지럽게 걸려 있는 하늘을 보았다. 임돈은 큰아버지나 경돈의 낡고 허망한 세계를 긍정할 수 없었다. 혼과 넋을 잃어버린 채 잇속만 챙기는 아버지의 세계는 너무 척박하고 수치스러웠다. 어딘가에서 자신을 기다리고 있는 새로운 세계가 따로 있을 것 같았다.

일본에 건너온 이듬해 4월에 임돈은 유학생들을 따라 YMCA에서 열리는 조선 학생 모임에 참석했다. 그 자리에서 피아노를 치는 경옥을 처음 보았다. 경옥의 단아한 이마와 짙고 검은 눈망울을 보는 순간 몸이 떨리고 심장이 고동쳤다. 서양 그림 속에 등장하는 화려하면서도 청초한, 그러나 이름은 알 수 없는 꽃 같은 사람이었다. M음악전문학원에서 피아노를 전공하는 학생이라고 했다. 경옥은 늘 소문의 중심에 있었다. 원산 거부의 딸이라는 말도 있었고, 유명한 평양 주먹패와 기생이 낳은 딸이라는 소문, 또는 블라디보스토크 출신이며 백계 러시아인의 피가 섞였다고 하는 진위를 알 수 없는 많은 이야기가 흘러다녔다. 임돈은 이따금 먼발치에서 경옥을 지켜보았다. 설레는 마음을 주체할 수 없었으나, 감히 그녀를 향한 그리움을 품어도 되는지 알 수 없었다. 그저 자신이 어딘가에 속해야 한다면 그녀가 있는 세계에 속하고 싶다고 바랄 뿐이었다.

이등 객실의 선반 위에 트렁크를 올려놓았다. 임돈은 외투를 벗으려다가 안주머니에 들어 있는 봉투의 묵직함이 마음에 걸려 잠시 망설였다. 결국 외투를 입은 채 그대로 좌석에 앉았다. 태련이 건넨 봉투 안에는 100원짜리 지폐 100장이 들어 있었다. 경성 한복판에서 번듯한 문화주택 한두 채를 살 수 있는 돈이었으나 책 한 권의 무게도 되지 않았다. 태련은 봉천행 이등칸 열차표와 함께 봉투를 내밀면서 말했다. 일단 신경에 도착해서 숙소를 잡고 자기에게 전보를 보내면, 모월 모일 모처로 오라는 전갈이 갈 것이라고.

"나라 밖에서는 동지들이 목숨 바쳐 활동하고 있네. 만주국 정부가 들어선 이후로는 더 어려워졌네. 그 피와 땀과 눈물을 우리가 어떻게 헤아릴 수 있겠나. 조선에 있는 우리가 할 수 있는 일은, 알다시피, 금전의 지원뿐이야. 자네에게 더이상 무리한 부탁은 하지 않아. 그냥 이것만 전해주면 되네. 그리고 자네가 봉천이든 신경이든 자리를 잡게 되면, 내가 책임지고 제수 씨와 기혁이를 그곳까지 안전하게 보내줄 거야."

어쩌면 목숨을 걸어야 할지도 모를 위험한 일이었으나 임돈은 망설이지 않고 돈을 받아들었다. 태련이 걱정하는 나라도 민족도 또한 나라 밖 동지도 크게 와닿지 않았다. 다만 만주로 가는 목적이 생겼다는 것. 그냥 달아나는 게 아니라는 것. 이제 거의 유일하게 기댈 곳인 혈육 같은 동무를 도울 수 있다는 것. 그것만으로도 어둑한 혼란함 속에 희미한 빛줄기 하나가 비치는 듯했다.

어느새 열차는 덜컹거리며 달려가기 시작했다. 이토록 무거운 쇳덩어리가 이토록 빠르게 움직이다니. 임돈은 열차를 떠받치고 있을 곧게 뻗은 두 줄의 철로를 상상했다. 단단하고 매끄러운 길일 것이다. 한번 힘을 받은 물체는 멈추지 않고 쭉 앞으로 나아간다는 관성의 법칙. 철로는 책 속에서 배운 물리학의 법칙을 현실에서 그대로 펼쳐 보이고 있었다. 사람이 태어나서 살아가는 것도 그렇지 않은가. 임돈은 생각했다. 한번 태어난 이상 쉽사리 멈추지 않는 것이다. 사람들이 모여 사는 이세상도 마찬가지일지도 몰랐다. 한번 방향이 정해지면 끊임없이 굴러가야 하는 것일지도.

"실례지만 어디까지 가십니까?"

옆자리에 앉은 이가 말을 건넸다. 임돈은 조선말을 듣고 내심 놀랐다. 쌍꺼풀진 눈과 흰 피부, 광대가 두드러지지 않은 갸

름한 얼굴과 옷차림으로 보아 내지인일 것이라 짐작했기 때문
이다.

"신경까지 갑니다."

"봉천에서 신경행 열차로 갈아타시려나봅니다. 먼 길 가시
네요. 저는 목적지가 봉천입니다."

남자는 경성에 있는 본사로 출장을 왔다가 돌아가는 길이
라고, 묻지도 않은 상세한 사정을 알려주었다.

"만주에는 관광차 가시는 길입니까? 아니면……?"

임돈은 망설이다가 대답했다.

"저는 조그마한 병원을 운영하고 있습니다. 이즈음 만주국
으로 이주하는 사람들이 많다보니, 신경 부근에서 조선 사람
들을 위한 병원을 개업할 수 있을지 둘러보러 가는 길입니다."

"조선 사람들을 위한 병원이라…… 신경은 새로 시가지 건
설이 한창이니, 병원 자리를 구하기는 어렵지 않을 겁니다. 봉
천이라면 제가 좋은 자리를 알선해드릴 수 있습니다만."

남자는 지갑에서 명함을 꺼내 임돈에게 건네주었다. 명함에
는 "N방적회사 서무과장 金田明秀"라고 적혀 있었다. 원래 이
름은 김명수일 것이다. 연초부터 창씨개명의 압력이 거센 터
라, 무탈하게 직장에 다니려면 이름을 바꿀 도리밖에 없었다.
임돈이 여행허가서를 신청할 때도 개명하지 않은 탓에 어려움
이 좀 있었다. 태련이 힘을 써주지 않았더라면 기차를 타지 못
했을지도 모른다.

열차는 도시를 벗어나 푸른 산자락과 누런 들판을 가로지르며 질주했다. 임돈은 의자에 몸을 기댄 채 창밖을 바라보았다. 눈으로는 유리창 밖으로 쏜살같이 사라져가는 풍경을 바라보면서, 마음으로는 기억 속에 존재하는 수많은 장면을 흘려보냈다. 유학 생활 3년 만에 아버지 병환이 위독하다는 전보를 받았다. 고향에 돌아와보니 계모가 노름에 빠져 아버지의 재산을 모두 탕진한 상태였다. 막대한 빚까지 진 계모는 이미 자취를 감추었고, 아버지는 땅을 맞았다고 했다. 중풍으로 쓰러진 것이다. 자리보전하며 1년을 버틴 뒤 아버지는 세상을 떠났다. 평생 일군 재산이 흔적도 없이 사라진 터라 임돈은 차라리 잘된 일인지도 모른다고 여겼다. 세상 이치에 통달한 행세를 하던 아버지가 모은 재산은 젊은 아내의 노름벽조차 충족시키지 못했다. 무너지지 않는 거대한 방벽이 아니었다. 상을 치르고 얼마 되지 않아 임돈은 큰아버지나 일가친척 누구에게도 알리지 않고 원산행 열차에 올라탔다. 그리고 다시는 고향 땅을 밟지 않았다.

김명수가 맥주를 사겠다며 식당차로 동행을 권했으나, 임돈은 극구 사양했다. 그가 자리를 뜨고 난 뒤 임돈은 위쪽 침대칸을 펼친 뒤 올라가서 누웠다. 모포를 덮고 외투를 벗어 그 위에 덮은 채 누웠다. 공중에 붕 뜬 느낌이라 썩 편안하지는 않았다. 열차가 흔들릴 때마다 자다가 깨다가를 반복하며 선잠에 들었다. 어둠 속에서 누군가에게 쫓기고 있었다. 긴 골목을 빠져나와 몸을 숨길 장소를 찾았으나, 꿈속에서는 늘 그렇듯 자신이 있는 곳도 최종 목적지도 알 수가 없었다. 눈앞에 예배당처럼 높고 큰 건물이 나타났다. 삐걱거리는 계단을 뛰어올라가 황급히 나무문을 열고 들어가니 노비나촌*의 널따란 극장 홀이었다. 무대 위에서 누군가가 피아노를 치고 있었다. 낯익은 뒷모습이었다. 임돈은 어둠 속에서 희게 빛나는 긴 목덜미를 알아보았다. 경옥이었다. 초조함과 두려움으로 단단하게 뭉쳐있던 마음이 따뜻하게 풀리면서 안도의 한숨이 새어나왔다. 그래, 경옥이 있었지. 나에게 경옥이 있었구나. 임돈은 중얼거리면서 잠에서 깨어났다. 창밖은 캄캄한 밤이었다. 온몸으로 스며드는 한기에 임돈은 모포 자락을 여미었다. 다시 눈을 감고 잠을 청했으나, 가슴 한가운데에 구멍이 뚫린 듯 적막한 기분을 떨치기 힘들었다.

자정이 가까운 무렵, 기차가 신의주역에 정차했다. 빨간 테두리를 두른 모자에 흰 정복을 입은 순사와 세관리가 승차하여 승객들의 소지품을 하나하나 조사하기 시작했다. 임돈은 얼굴 근육이 굳어지는 것을 느꼈다. 물론 문제가 될 일은 없었다. 여행허가서를 받았고, 의심받을 만한 물건을 소지하지도 않았다. 다만 태련이 건넨 봉투 속에 너무 큰돈이 들어있는 것

---

* 볼셰비키혁명으로 인한 내전 후 온 가족을 이끌고 한반도로 이주한 얀콥스키 일가가 함경북도 주을온천 지역에 일군 백계 러시아인 마을. 얀콥스키 일가는 사냥과 농경에 종사하면서 망명한 러시아인들을 위한 여름 별장촌을 운영했다.

이 마음에 걸렸으나, 아무려나 둘러댈 이야기가 없지는 않았다. 그럼에도 은빛 칼을 찬 순사가 다가오자, 지갑에서 여행허가서를 꺼내는 손이 자기도 모르게 덜덜 떨렸다. 서류를 훑어보던 순사는 식은땀을 흘리는 임돈에게 외투를 건네받아 주머니를 뒤지기 시작했다. 지갑과 회중시계와 궐련갑 그리고 태련이 준 봉투가 나왔다. 봉투 안에 든 지폐 뭉치를 확인하더니, 순사의 눈매가 매서워졌다. 갑자기 옆에 서 있던 김명수가 자기 명함을 꺼내어 순사에게 건네주었다. 그러더니 유려한 일본어로 조곤조곤 설명했다.

"이분은 의사 선생님이십니다. 만주국의 의료자원이 빈약함을 염려하시어 병원 개업할 자리를 알아보러 신경으로 가시는 길입니다. 현금은 급히 계약할 상황에 대비한 것이고요."

순사는 기어코 임돈의 가방을 열어 헤쳐보고 나서야 자리를 떴다. 임돈은 여전히 떨리는 손으로 김이 서린 안경을 벗어서 닦은 뒤, 짐을 다시 정리했다. 기차가 신의주역을 출발하여 압록강 철교를 통과할 무렵 겨우 마음이 진정되었다. 임돈은 김명수에게 고맙다는 인사를 건넸다.

"천만의 말씀을요. 그저 선생님께 들은 대로 전했을 뿐이에요. 저는 국경을 자주 지나다녀서 순사들 대하는 데 이골이 났습니다. 암튼 운이 좋으셨어요."

그러나 좋은 운이란 언젠가는 불행으로 갚아지기 마련이라는 미약한 불안이 임돈의 마음속에 앙금으로 남았다.

아침 7시를 넘어서 열차가 봉천역에 들어섰다. 객차 밖으로 나가자 플랫폼을 감도는 공기에서 낯선 냄새가 났다. 빈대 비린내와 고기 누린내가 뒤섞여 숨을 쉬기 힘든 고약한 냄새였다. 역전으로 나가니 아직 이른 시간임에도 여관의 호객꾼들과 인력거꾼이 모여 있었다. 임돈은 김명수가 이끄는 대로 Y호텔로 들어섰다. 로비에 있는 '뷰어로' 여행사 사무실로 가서 오후에 떠나는 신경행 아세아호의 표를 구해달라고 부탁한 뒤, 김명수는 간단하게 아침식사를 대접하겠다면서 임돈의 팔을 잡아끌었다. 식당에 자리를 잡은 뒤 메뉴를 들춰보지도 않고 익숙하게 콘티넨털식 아침식사를 주문했다.

"어젯밤 일도 감사하고 해서, 식사는 제가 대접하겠습니다."

"무슨 말씀을요. 봉천은 제 나와바리입니다. 그나저나 곧 회사로 들어가봐야 해서 관광 안내를 해드리지 못해 안타깝네요."

"아닙니다. 제가 이미 신세를 너무 많이 졌습니다."

"오전에 봉천성을 둘러보셔도 좋고요. 청조의 궁전이 볼 만합니다. 여기서 10리쯤 떨어져 있으니 택시를 부르시면 돼요."

"기차 시간까지 여유가 있으니 말씀하신 곳으로 찾아가보겠습니다."

"며칠 이곳에 머무르셔도 좋을 텐데요. 신경은 신도시라서 구획적이고 위생적이지만, 신(新)과 구(舊)가 섞여 있는 봉천처럼 다채롭지는 않습니다. 말 나온 김에 감히 주제넘은 의견을 드리자면, 조선 사람들을 위한 병원이라는 발상은 만주라는 곳과 척식회사의 이식 방식을 잘 모르시는 탓에, 공상에 가까운 일을 계획하신 게 아닌가 합니다. 조선 사람들 대부분은 시내에서 멀리 떨어진 곳에 있는 이식촌 안에서만 생활합니다. 농부들은 굶지 않기에만 급급한 처지지요. 신경 시내에 거주하는 얼마 안 되는 관리나 회사원이야 일본인들의 병원으로 갈 것이고요. 숫자도 그렇고 처지도 애매한 조선 사람들은 만주 사람들 사이에서는 내지인의 처신을 따를 수밖에 없어요."

임돈은 얼굴로 뜨거운 피가 쏠리는 것을 느꼈다. 병원 설립 건은 구체적 계획이라기보다는 난처한 상황을 얼버무리는 임기응변에 지나지 않았다. 그러나 '공상에 가까운 계획'이라는 지적은, 비록 과녁을 벗어났으나, 임돈의 현재 상황을 비교적 정확하게 꼬집은 것이기도 했다.

식사를 마치고 커피를 마시면서 김명수는 신경에 가면 러시아 여급이 나오는 카바레들이 많다면서 한 번쯤은 가볼 만하다고 넌지시 운을 뗐다. 자신의 단골이라면서 M카페를 추천하기도 했다. 그리고 나서 목소리를 낮춰 덧붙였다.

"조심하십시오. 조선 화폐의 값이 많이 하락하긴 했지만, 만주에서 그 정도 돈이면 목숨을 걸 사람들이 허다합니다."

김명수는 임돈이 미처 대답할 말을 찾지 못하고 있는 사이에 재빨리 음식값을 계산한 뒤 사라졌다. 임돈은 풍요로운 향미의 밀크커피와 함께 홀로 남았다. 커피잔 옆에 놓인 양과자

한 조각을 보니 경옥 어머니의 모습이 떠올랐다. 처음 노비나 촌의 별장으로 초대받아 갔을 때 손수 사이펀으로 끓인 커피를 내주면서 그녀는 말했다.

"나는 쿠키도 만들 줄 안다우."

봉천역 안에는 황갈색 제복을 입은 만철 소속 순사들이 곳곳에 서 있었다. 그들이 허리에 차고 있는 피스톨에 눈길이 갈 때마다 임돈은 어쩔 수 없이 품 안에 있는 봉투의 무게를 의식하게 되었다. 슬그머니 태련에 대한 원망이 부글거리기도 했으나, 곧 생각을 고쳐먹었다. 건넨 봉투를 거절하지 않고 선선히 받은 사람은 다름 아닌 자신이었다. 봉투가 임돈을 여기까지 이끌어온 셈이기도 했다. 이제 어디로 어떻게 가야 하는지 알 수 없다면, 봉투가 도달하는 곳까지 가보자는 결심이 생겨났다. 네 시간 남짓 걸려 신경까지 주파한다는 열차가 플랫폼 안으로 미끄러져 들어왔다. 매끄러운 유선형으로 빛나는 푸른빛 몸체는 현대의 속도를 상징하는 듯했다.

아세아호의 이등 객실 좌석은 임돈이 봉천까지 타고 온 열차의 좌석보다 한결 포근하고 안락했다. 승객들도 관리나 군인, 회사원처럼 보이는 번듯한 차림새였다. 산악지대를 벗어난 기차가 오후의 태양빛이 가득한 들판을 쏜살같이 달려갔다. 임돈은 가을걷이를 끝낸 황량한 밭들이 부채꼴로 끊임없이 펼쳐지는 창밖 풍경을 바라보았다. 사람도 나무도 그림자 하나 보이지 않았다. 어딘가에 있다고 해도 기차의 속도 때문에 알아차리지 못한 채 지나칠 테다. 하늘과 황토의 경계가 아스라한 끝에 선이 날렵하게 솟은 조선 기와와는 달리 밋밋하고 각진 만주식 지붕들만 이따금 눈에 띄었다. 가도 가도 크게 달라지지 않는 풍경이었다. 임돈은 밀려오는 피로감에 못 이겨 눈을 감았으나, 돈을 조심하라던 김명수의 말이 떠올라 쉽게 잠이 들지 못했다. 궐련을 하나 꺼내 입에 물었다.

아버지의 상을 치르고 연천역에서 원산행 기차에 올라탈 때는 회령까지 올라가 국경을 넘어 간도로 갔다가 가능하면 하얼빈까지 갈 작정이었다. 하얼빈에서 러시아로 넘어가서 유럽으로 나갈 꿈을 꾸기도 했다. 북경을 거쳐 경돈 형이 있다는 상해로 내려갈 수도 있었다. 그러나 막상 원산역에 내렸을 때 임돈의 머릿속에 떠오른 사람은 덕수였다. 외가 쪽 먼 친척인 덕수는 조실부모한 뒤 임돈의 집에서 자랐고, 임돈의 친모가 세상을 떠나기 전까지 손만호 밑에서 착실히 청지기로 일했다. 손만호가 재혼한 뒤 연천을 떠나 원산에서 장사한다는 소식이 들리더니, 어떤 곡절인지 주을온천이라는 곳에서 여관을 경영한다고 했다. 덕수는 임돈에게 혈육인 경돈보다 더 가깝게 느껴지는 사람이기도 했다.

임돈은 거꾸로 돌아가는 활동사진처럼 기억을 되감아보았다. 원산역에서 덕수를 떠올리지 않았더라면, 경옥을 만나지 못했을 것이고, 기정도 기혁도 세상에 태어나지 않았을 것이다. 만주행은 지금보다 훨씬 더 앞당겨졌을 테다. 후회 비슷한 감정이 임돈을 사로잡았다. 그러나 다홍빛 작약이 무리 지어 핀 노비나촌 앞마당에서 경옥과 마주친 순간을 삶에서 삭제할 수 있을까? 바닥에 깔린 흰 모래를 딛고 선 경옥은 온천 계곡의 숲에서 홀로 걸어나온 한 그루 자작나무 같았다. 인사를 건네는 임돈을 경옥은 금세 알아보지 못했으나, 동경에서 한두 번 마주친 적이 있음을 상기시키자 얼굴이 환해졌다. 임돈은 오랫동안 그 장면을 사랑이 싹튼 찬란함의 순간으로 기억했다. 그 무렵 읽은 엘렌 케이의 글도 함께 각인되어 있었다. "정식으로 결혼하고 아니함을 물론하고 그 두 남녀 사이에 영육이 일치하는 참된 연애가 있고 또 그 연애가 계속된다면 그 결혼은 항상 참된 결혼이요 신성한 것이외다." 그가 영육이 일치하는 참된 연애를 주고받기 원한 사람은 오직 경옥뿐이었다.

시간이 흐른 뒤 되새겨보니, 활짝 밝아지던 경옥의 얼굴은 동경 유학생이라는 자신의 정체성이 되살아나는 기쁨에서 비롯되었을 것이다. 경옥의 어머니는 일찍이 천주교로 개종한 사람이었다. 성당 신부의 소개로, 혁명을 피해 조선으로 내려온 백계 러시아 귀족의 집에서 찬모로 일하게 되었다. 돈독한 신앙심과 타고난 눈썰미로 주인의 신뢰를 얻었고, 그들이 미국으로 떠나면서 모든 재산을 그녀에게 양도했다. 원산 송도원의 농장과 저택, 그리고 주을온천에 있는 별장이었다. 재가승촌* 출신의 천민에 불과한 그녀가 서양식 2층 벽돌집과 닭과 염소를 수십 마리 키우는 농장의 주인이 된 것이다. 그녀는 임돈을 보자마자 경옥의 운명적인 짝이라고 확신했다. 천주님의 은총으로 영혼의 천출을 벗어났으나, 세속에서는 그것을 증명할 방법이 필요했다. 다행히 세상이 뒤집혀 돈을 얻었으니 그것으로 혈통을 세탁해야 했다. 그녀는 임돈과 경옥의 혼인을 서둘렀다. 임돈에게는 일본인에게 고개 숙이지 않고 살면서 상당한 재산을 지키려면 의사나 법관이 되는 길밖에 없다고 설득했다.

경옥과 혼인하고 이듬해 봄에 임돈은 경성의전에 입학했고, 2년 뒤에 기정을 얻었다. 의전을 졸업한 뒤 임돈은 장모가 원하는 바대로 혜산진 공의로 자원했다. 기혁이 태어난 해였다. 기혁이 세 살 되던 해에 임돈은 경옥의 아버지를 처음으로 만났다. 사택으로 찾아온 장인을 장모가 집안으로 들이지 않으려 실랑이하는 대문 앞에서였다. 그때 임돈은 경옥에 대해 서서히 품기 시작한 모호한 의구심의 실체를 언뜻 본 것 같았다. 그동안은 경옥이 무남독녀 외딸로 자라서 고집이 세고 다듬어지지 않았을 뿐이다, 신식 교육을 받은 모던 걸이라 자기주장

---

* 재가승의 원래 의미는 아내를 얻어 사는, 즉 가정을 가진 승려이지만, 함경북도의 재가승촌은 온성, 회령, 청진 등의 북쪽 골짜기에 모여 살면서 불교를 믿고 화전을 일구며 살던 이들의 마을을 일컫는다. 그들의 유래에는 고려시대 여진 정벌 후 잔류한 원주민들이라는 설과 병자호란 후 청에 대한 조공을 위해 여진족들을 모여 살게 했다는 설이 있다.

이 강한 것이다, 변명하고 이해하면서 여전히 서양 정물화 속 꽃 같은 아내에 대한, 알 수 없는 껄끄러움을 다독여왔다. 아이를 낳으면 달라질지도 모른다는 기대도 했다. 그러나 오랜 세월 집밖으로 떠돌면서 잊을 만하면 찾아와 경옥 어머니에게 행패를 부리며 손을 벌리는 사내를 대면하면서 경옥이 그 막무가내인 거구의 아버지를 많이 닮았다는 사실을 깨달았다.

해질 무렵 기차는 신경역에 도착했다. 임돈은 플랫폼을 빠져나오다가 인부들이 화물열차에 싣고 있는 곡물더미들을 목격했다. 만주국이 세워지고 신경이라 불리는 도시 장춘은 원래 콩의 산지로 유명한 곳이었다. 아주 잠깐, 임돈은 고향을 떠올렸다. 손만호는 장단콩 대여섯 섬을 배로 실어나르며 장사를 시작했고, 그것으로 종잣돈을 만들었다. 임돈은 외투깃을 단단히 여미면서 어둠이 깔리기 시작한 역전으로 빠져나왔다. 광활한 벌판 위에 거짓말처럼 솟아난 도시는 동경보다 더 넓고 쾌적했다. 역 바로 앞에는 검은 융단 같은 아스팔트가 깔린 다이도대로가 시가지 중앙으로 시원하게 뻗어 있었다. 임돈은 역 근처 식당에서 뜨거운 국수로 요기를 한 뒤, 호객꾼이 이끄는 여관으로 갔다. 흥정하기도 귀찮아 부르는 대로 값을 치르고 방에 들어가 죽은 듯이 잠들었다.

잠에서 깨어나보니 이미 해가 중천에 뜬 뒤였다. 그는 대충 짐을 정리하고 세수를 할 요량으로 가방을 열었다. 옷가지 사이로 은빛 액자가 삐죽이 튀어나왔다. 조선땅을 완전히 떠나온 탓일까. 기정의 얼굴을 보니 그동안 어딘가로 꾸역꾸역 밀어넣었던 울음덩어리가 한꺼번에 목울대를 치받고 올라왔다. 임돈은 기정을 놓쳤다는 게 여전히 믿어지지 않았다. 경옥에 대한 의혹으로 괴로움이 시작될 무렵에 더욱 이해할 수 없던 것은 기정에게 걸핏하면 악을 쓰고 회초리를 드는 것이었다. 임돈이 기정을 귀애하면 할수록 경옥은 딸에게 사납게 굴었다. 그나마 기정과 두 살 터울인 아들 기혁에게는 좀더 살가웠다. 경옥이 아이들을 들볶는 이유는 남편에게 쌓인 분노 때문임을 어느 순간 임돈도 알아차렸다.

　사건이 터진 그날도 사정은 마찬가지였다. 전날 저녁 임돈은 밤새 마작판에 앉아 있다가 날이 희뿌옇게 밝아올 무렵 집에 돌아왔다. 정오가 지났을 무렵 눈을 떴고, 기정과 기혁이 말다툼하다가 드잡이하는 소리가 들려왔다. 경옥이 아이들을 잡기 시작했다. 임돈은 모르는 체했다. 자리에서 일어나 끼니도 거른 채 별채에 있는 장기 입원 환자들을 돌보러 갔다. 그사이에 경옥이 아이들을 끌고 바닷가까지 간 모양이었다. 한 번만 더 싸우면 바다에 버리겠다고 하지 않았느냐고, 셋이 한꺼번에 다 죽어버리자고, 경옥이 또 불같은 성미를 폭발시킨 모양이었다. 어서 잘못했다고 빌지 않으면 바다에 빠뜨리겠다고 위협했다는 건, 나중에 기혁이 옮긴 말이었다. 심지가 무르고 기가 약한 기혁은 어미의 서슬에 놀라 무릎까지 꿇고 싹싹 빌었다. 그러나 기정의 마음에는 어미의 언행이 부당하고 과하다는 생각이 있었던 것 같다. 기정은 결국 바닷물 속에 끌려들어갔다 나왔다. 아직 서리가 내리기 전 시월이었으나, 바닷물은 차가웠다. 그날 밤부터 기정의 몸에는 미열이 있었고, 기침을 시작했다. 점점 열이 오르면서 며칠 끼니를 먹지 못했다. 흰죽을 먹였으나 먹은 것을 다 토하던 아이는 언젠가부터 기침소리가 심상찮았고, 가슴에 통증을 호소했다. 마작판에 앉아 있던 임돈이 집으로 불려왔다. 아이의 몸이 펄펄 끓고 있었다.

폐렴이 분명했다. 임돈은 아이를 방치한 자신의 무심함을 탓했다. 할 수 있는 치료는 다 했다. 폐렴치료기를 썼고, 과산화수소 링거를 맞혔다. 열을 떨어뜨리기 위해 냉찜질을 했고, 탈수를 막기 위해 따듯한 물을 먹였다. 피를 뽑기도 했다. 무즙을 내어 먹이고 뱀장어즙을 먹이는 구식 민간요법도 썼다. 아이는 물도 음식도 그 무엇도 제대로 넘기지 못했다. 아이는 숨쉬기 힘들어했고, 피가 섞인 가래를 토했다. 바닷물에 들어갔다 나온 뒤 한 달째 되던 날 기정은 숨을 거두었다. 기정의 시신을 앞에 놓고 경옥은 통곡했다. 임돈은 기정의 죽은 몸을 화장하고 앞마당 사과나무 근처에 재를 묻었다. 그때까지 단 한 방울의 눈물도 흘리지 않았다. 눈물은 나오지 않았다. 그는 오히려 아내가 소리 높여 우는 것을 납득하기 힘들었다.

세상 사람들은 대체로 자기 자신을 위해 눈물을 흘리지만 남을 위해 눈물을 흘릴 때도 있는 법이다. 경옥은 눈물이 흔한 사람이 아니었다. 누군가를 위해 따뜻하게 무너지거나 헝클어지는 사람은 절대 아니었다. 그녀가 소리 높여 울 때는 오로지 이루어지지 않은 욕망과 해소되지 않은 분노 때문이었다. 경옥이 흘리는 눈물을 보면서 임돈은 배 속 깊은 곳에서부터 욕지기가 올라오는 것을 느꼈다. 환멸이 몰려왔다. 경옥뿐 아니라 누구의 울음소리도 귀에 거슬리고 불편했다. 아무도 자신의 슬픔을 배려하려 하지 않는다는 사실이 놀라울 뿐이었다. 순정한 슬픔이 아내와 집안 식솔들의 둔탁한 울음소리로 훼손되고 있었다. 기정의 여리고 따뜻한 몸이 차갑게 굳어졌을 때, 경옥에게 남아 있던 임돈의 마지막 한 조각 마음도 식어버렸다.

임돈은 경성으로 신경 도착과 숙소의 주소를 알리는 전보를 보냈다. 이틀 뒤에 태련으로부터 답신이 왔다. '익일 미나카이 정문 17시'. 그뿐이었다. 다음날 느지막하게 일어나 며칠 만에 세수하고 콧수염을 손질했다. 긴장을 늦추기 힘들었다. 옷매무새를 새삼 반듯하게 다듬은 뒤 오후에 숙소 밖으로 나왔다. 초가을 날씨인 경성에서는 답답하고 무겁던 외투가 눈발이 날릴 것 같은 쌀쌀한 신경의 거리에서는 허술하기만 했다. 옷 속으로 스며드는 한기를 느끼며 임돈은 무작정 한참을 걸었다. 넓다 못해 휑한 거리는 군청색 일색이었다. 이따금 옅은 쑥색 군복이 눈에 띄었고 털가죽옷도 보였다. 흰옷 입은 이들은 찾아보기 힘들었다. 마침내 임돈은 지나가는 마차를 손짓으로 불렀다. 아주 천천히 미나카이백화점이라고 일러주자, 차부는 잘 안다는 듯 고개를 끄덕였다.

마차는 흰색의 웅장한 서양식 건물 앞에 멈췄다. 임돈이 정문 앞에서 시간을 확인했을 때 4시 45분이었다. 거리에서 15분을 서성이는 것이 어쩐지 내키지 않아 임돈은 백화점 안으로 들어갔다. 쇼윈도가 눈부신 통로마다 최신 유행의 말끔한 옷차림인 사람들로 북적였다. 임돈은 한순간 자신이 동경에 온 것 같은 착각을 했다. 손님을 상대하는 금발의 여점원들이 이곳이 만주 한복판임을 일깨웠다. 부인용 화장품과 귀금속이 진열된 1층을 지나서, 2층에 올라갔다. 신사용 모자를 구경하다가 러시아식 털모자를 한번 써보았다. 밖으로 나오니, 5시 정각이었다. 임돈은 30분 동안 꼼짝 않고 정문 앞에서 서 있었다. 구걸하는 걸인이 다가와 끈질기게 주위를 맴돌았다. 잔돈이 없어 어쩔 수 없이 임돈은 지갑에서 지폐를 한 장 꺼내 걸인에게 건넸다. 그런 모습을 신기한 듯 힐끔거리는 행인들 사이에서 아는 얼굴을 본 듯했다. 원산의 병원으로 찾아와 협박하던 오야붕 아닌가. 임돈은 순간 심장이 멈추는 것 같았다.

피신하듯 백화점 안으로 들어갔다. 임돈은 에스컬레이터를 타고 맨 위층까지 올라갔다. 소바와 우동 따위 일본 음식을 파는 식당이 눈에 띄어 들어갔다. 청결한 흰 식탁보를 씌운 탁자들이 놓여 있었고 아직 이른 시각이라 그런지 손님이 얼마 없었다. 임돈은 음식을 주문한 뒤 마음을 진정하고 찬찬히 생각해보았다. 사람을 잘못 본 것이다. 원산에 있어야 할 자가 만주에 나타날 이유가 없지 않은가. 신경을 곤두세운 탓에 헛것을 본 게 틀림없다. 임돈은 내일 아침 일찍 태련에게 다시 전보를 보내야겠다고 생각했다.

음식을 먹는 둥 마는 둥 하고 백화점 밖으로 나왔다. 잠시 서성이다가 왠지 불안하여 마차를 세워 올라탔다. 딱히 어디로 가야 할지 떠오르는 곳이 없었다. 임돈은 김명수가 단골이라고 소개해준 카페 이름을 댔다. 차부는 마차를 출발시키지 않은 채 다른 마차나 인력거를 세워 길을 묻는 눈치였다. 임돈은 그냥 술을 파는 곳 아무 데나 가자고 차부를 다그쳤다. 마차는 출발했으나 방향을 정하지 못한 듯 거리를 이리저리 헤매다가 마침내 M카페 앞에 멈춰섰다.

육중한 나무문에 화려한 옷차림으로 춤추는 남녀를 그린 포스터가 붙어 있었다. 안으로 들어가니 널찍한 홀은 텅 비었고, 천장에 도깨비불 같은 푸른빛 전등이 매달려 있었다. 묘한 분위기였다. 임돈은 기억을 더듬었다. 김명수가 누구를 찾으라고 했던가. 『전쟁과 평화』의 나타샤인가, 『귀여운 여인』의 올렌카인가, 『죄와 벌』의 소냐인가. 그러나 막상 황금색 술이 달린 붉은 커튼을 젖히고 나타난 사람은 낡은 외투를 걸친 백계 러시아 사내였다. 세월에 의해 밀랍 같은 피부가 녹아내린 듯한 노인은 영어로 무슨 말인가를 길게 설명했다. 아직 영업시간이 아니라는 이야기 같았다. 임돈은 짧은 영어로 술을 마실 수 있는지 물었다. 노인은 러시아어로 혼자 중얼거리더니, 임돈에게 홀 가장자리에 놓인 탁자들 아무 데로나 가서 앉으라는 듯 손짓을 했다. 잠시 후에 커튼 뒤로 들어가 투명한 액체가 담긴 잔 두 개를 들고 오더니 임돈과 마주 앉았다. 임돈은 손을 뻗어 한 모금 마셔보았다. 뜨겁고도 차가운 액체가 혀를 달구더니 식도를 타고 흘러내려갔다. 보드카였다. 임돈은 궐련갑을 꺼내 노인에게 한 개비를 권했다. 임돈이 잔을 비우자 이번에는 노인이 병을 들고 왔다.

두 사람은 마주 앉아 술을 마시고 담배를 피웠다. 썰렁한 홀 한가운데에는 피아노가 한 대 놓여 있었다. 임돈이 이름을 묻자 노인은 니콜라이라고 대답했다. 고향이 어디냐는 물음에 니콜라이는 빙그레 웃으면서 패잔병에게는 지금 사는 곳이 고향이라고 대답했다. 패잔병이라는 말을 듣고 임돈은 술기운을 빌려 당신은 백군 왕당파였던 것이냐고, 더듬더듬 캐물었다. 니콜라이는 기억나지 않는다고 했다. 백군이든 적군이든 중요한 것은 고향을 떠날 사람은 결국 정해져 있다는 것이라고 덧붙였다. 임돈은 자신이 니콜라이의 말을 알아듣고 있는 것인지 확신할 수 없었다. 어쨌든 그에게는 그런 의미로 들렸다. 니콜라이는 임돈에게 왜 고향을 떠났는지 물었다.

"원래 어리석은 여자였으나, 아내가 그렇게까지 할 줄 몰랐소. 헛소문에 지나지 않는 일 때문에."

임돈은 조선말로 중얼거렸으나, 니콜라이는 고개를 끄덕였다. 임돈은 동네 선술집 주모가 아이를 가진 것에 대해 왜 자신이 추궁을 당해야 하는지 알 수 없었다. 마작하러 자주 드나들던 골목 어귀에 선술집이 있었을 뿐이다. 어디서부터 시작되었는지 알 수 없었으나 주모 배 속의 아이가 임돈의 아이라는 소문이 퍼졌다. 소문이란 관심을 기울이지 않으면 저절로 사라지기 마련이라고 무시했다. 병원 약장에 있던 아달린 한 병이 몽땅 사라진 날 밤, 임돈은 동료 의사에게 도움을 요청했다. 혼절한 경옥에게 손이 떨려서 제대로 도관을 삽입할 수 없었다. 의사 부인이 알몸으로 위세척을 했다는 소문이 꼬리에 꼬리를 물고 원산 시내에 퍼져나갔다. 고개를 들고 문밖으로 나갈 수 없을 정도였다. 엎친 데 덮친 격으로 환자 수도 줄어들었다.

어느새 임돈은 홀로 탁자에 앉아 있었다. 누군가가 다가와 새 술병과 구운 고기를 꿴 꼬치 접시를 탁자 위에 내려놓고 갔다. 밴드의 음악소리가 들려왔다. 임돈은 피아노를 치고 있는 사람의 뒷모습을 바라보았다. 니콜라이였다. 이제 홀에는 허리를 감싸 안은 채 빙글빙글 돌면서 춤을 추는 서너 쌍의 남녀가 보였다. 여러 모습의 사람들이 섞여 있었다. 남성들은 대부분 만주인처럼 보였고, 자그마한 몸집의 동양 여성과 키가 크고 몸의 굴곡이 뚜렷한 러시아 여성이 반반 섞여 있었다. 임돈은 러시아 여성들의 푸르스름하도록 하얀 팔뚝과 종아리에서 눈을 뗄 수 없었다. 품 안에 들어 있는 태련의 돈으로 생각이 옮겨갔다. 그 정도 돈이라면, 올렌카처럼 온순하고 귀여운 여인과 함께 멀리 무계급 낙원 소비에트로 달아날 수도 있을 것이다. 그러나…… 그러다가 종국에는 홀로 돌아와 이 자리에 앉게 되겠지. 임돈은 빈 술병을 기울였다.

병원 침상에 누운 경옥의 백짓장 같은 얼굴을 보면서, 임돈은 왜 이런 일들이 일어나는지, 일어나야 했는지, 그 이유에 대해 생각하고 또 생각했다. 깨달음은 뜻밖의 순간에 왔다. 눈앞에서 일본도가 번득이던 순간, 마룻바닥에 꽂힌 은빛 칼날을 보면서 그는 깨달았다. 진실은 단순했다. 임돈은 누구의 세계에도 속하지 않고, 자기 자신에게만 속한 사람이었다. 오로지 자기 자신만을 위해서 눈물을 흘리는 사람은 경옥이 아니라 바로 임돈 자신이었다. 세상과의 아득한 거리를 모르핀 삼아 자기만의 세계로 달아나고 또 달아나는 사람이기도 했다.

임돈은 카페에서 나와 비틀거리며 걸었다. 여관으로 돌아가 잠들 생각이었다. 거나한 취기가 날 선 추위의 모서리를 둔탁하게 만들었다. 임돈은 혼몽한 기운에 몸을 맡긴 채 오랫동안 거리를 헤맸다. 누군가와 어깨를 부딪치기도 했다. 누군가는 말을 걸기도 했다. 그들은 아마도 조선인이거나 만주인, 러시아인이거나 일본인이었을 것이다. 아무래도 상관없었다. 그는 여기가 어딘지 알 수 없었다. 그것 또한 상관없었다. 한참을 걷다보니 어느새 신경역 앞 광장까지 와 있었다. 한 귀퉁이에 사람 무리가 불을 피워놓고 모여 있는 게 보였다. 그는 그들에

게 다가가 길을 물어봐야겠다고 생각했다. 이제 여관을 찾아
갈 수 있을 것이다. 안도감이 밀려왔다. 임돈이 온기를 찾아 사
람들 근처로 다가가자, 다투는 듯 격앙된 말소리들이 들려왔
다. 임돈은 그들의 말을 알아듣기 힘들었으나 서로 욕설을 퍼
붓고 있는 것만은 틀림없었다. 내지르는 소리가 점점 커지면
서 주먹과 발길질이 오고갔다. 임돈은 뒤엉켜 있는 무리 뒤에
서서 멍하니 격렬한 몸싸움을 지켜보았다. 그때 누군가 그의
어깨를 잡아끌었다. 임돈은 억센 손아귀의 주인공을 돌아보았
다. 군청색 창파오를 입고 개털 모자를 쓰고 있는 사람이었다.

임돈은 눈을 크게 떴다. 마주 보고 있는 낯선 얼굴 위로 술
에 취해 조국 해방과 무계급 낙원을 설파하던 태련의 열띤 얼
굴이 나타났다. 어디든 지금 사는 곳이 바로 고향이라던 니콜
라이의 허물어진 얼굴이 겹쳤다. 경성역 대합실에서 아픈 아
이를 어르고 있던 젊은 아버지가 떠올랐다. 닮은 구석은 하나
도 없었지만 대합실에서 아픈 아이를 안고 있던 그 젊은 아버
지가 틀림없었다.

"당신 딸은 어떻게 됐소?"

임돈은 중얼거리며 아무 표정 없는 상대방의 눈을 들여다
보았다. 임돈의 어깨를 잡고 있던 손아귀에 힘이 들어갔다. 아
버지 손만호의 바닥을 알 수 없는 의뭉한 눈빛 위로 현금을 조
심하라고 경고하던 김명수의 예리한 눈빛이 번득였다. 위 속
에 있는 모든 것을 게워내는 고통스러운 과정이 끝난 뒤, 원망

이 가득 담긴 붉은 눈으로 자신을 바라보던 경옥의 얼굴이 보였다.

"경옥, 당신 경옥인가?"

순간 반들반들한 쪽마루 위로 은빛 섬광이 꽂히는 장면을 다시 한번 목격한 듯했다. 섬광은 잘 마른 나무의 피부와 지방과 근육을 뚫고 들어와 한 번 비틀어지더니, 뽑혀나갔다. 임돈은 몸에서 뿜어나오는 뜨거운 피 같은 아픔을 느꼈다. 잠시 숨을 멈추고 기다렸다. 이번에는 가장 내밀하고 연약한 섬유질에 섬광이 꽂히기를. 차갑고도 뜨거운 환멸을 말끔히 도려내기를.

"딸을 꼭 병원에 데려가시오."

임돈은 품속에서 태련이 준 봉투를 꺼내, 경성역 대합실에서 만난 젊은 아버지에게 건네주었다. 의식을 잃어가면서 자신의 품속에서 서서히 몸이 차가워지던 기정을 떠올렸다. 임돈은 마지막 순간에 기정에게 모르핀을 주었음을 기억했다. 몸이 부서지고 흩어지는 고통이 훑고 지나갈 때 자신의 판단에 대한 의혹도 사라졌다. 세상과 자신이 내내 긴밀하게 연결되어 있었음을 비로소 깨달았다. 멀리서 밤기차의 기적소리가 들려왔다.

소화 16년의 입춘 무렵, 이경옥은 아들 손기혁과 함께 신경역 플랫폼에서 길림을 거쳐 회령으로 향하는 기차에 올라탔다. 이제 열한 살인 손기혁은 아버지 손임돈의 유골함을 품에 안고 있었다. 손임돈은 신경역 광장에서 패를 이뤄 싸우는 이들을 말리다가 객사했다고 알려졌다. 하마터면 뼛가루조차 영영 찾을 수 없을 뻔했으나, 유태련이 백방으로 수소문하고 손을 쓴 덕에 유골만은 수습할 수 있었다. 객차 안 승객들이 동정 어린 눈빛으로 흰옷 입은 어린 상주를 바라보았으나, 이경옥은 운명을 이해하려 애쓰지 않을 만큼 오만했으므로, 그런 동정심조차 불편했다.

귀가

저기 언덕 맨 위에 있는 집이야. 나는 너를 돌아보며 말한다. 내가 열두 살 때까지 살던 집. 아니, 저 위까지 올라가야 한다는 말이에요? 네 목소리는 어쩐지 화가 나 있다. 언덕이 너무 가파르잖아요. 이렇게 오래 걸어야 하는지 몰랐어요. 아니야, 거의 다 왔어. 나는 네 얼굴을 바라보며 변명한다. 네가 목소리처럼 냉담한 마음이 아니길 바라면서. 하지만 곧 깨닫는다.

네 눈은 달밤에 이리저리 떠다니는 비눗방울 같다. 어두운 허공 속에 떠 있는 둥글고 매끄러운 눈동자다. 너는 늘 무엇인가를 찾아 두리번거린다. 네가 찾는 것은 네 눈길을 사로잡을 무엇이다. 처음에는 네가 눈에 지배당하는 사람이라는 것을 알지 못했다. 한때 네가 오랜 시간 나를 향한 눈길을 거두지 못했을 때, 마치 어쩔 수 없는 일처럼 네 눈길이 나에게 붙박였을 때, 나는 그것이 마음의 일인 줄 알았다. 그러나 그것은 네 눈의 의지였고 네 눈의 일이었다.

버스 정류장

버스 정류장의 플라스틱 의자 위에 연분홍색 토끼 인형이 놓여 있다. 원래는 부드러운 타월 같은 천으로 만들어진 인형이었을 것이다. 머리에는 플라스틱으로 만든 검은 눈과 하얀 코가 달려 있다. 입은 없다. 분홍색 쫑긋한 두 귀 사이에는 반쯤 뜯어지고 너덜너덜해진 노랑 리본이 달려 있다. 누가 놓고 갔다고 생각하기에는 너무 낡고 더러운 인형이다. 주위에 쓰레기통이 없어서 그냥 의자에 버리고 간 것 같다. 그러나 인형 따위에 관심을 가질 때가 아니다. 나는 집으로 돌아가야만 한다. 여기는 밖이고, 지금은 밤이고, 집에는 내가 없다. 도로 위로 지나가는 차들이 점점 뜸하다. 아까부터 확인하고 있는 정류장 전광판에는 마지막 버스가 잠시 후 도착한다는 안내 문자가 뜨고 있지만, 버스는 오지 않는다.

정류장에는 나 말고 두 사람이 더 있다. 남자 하나와 여자 하나다. 두 사람은 같은 버스를 타고 같은 곳에서 내려서 같은 목적지로 향할 사람들처럼 보인다. 그러니까 가족이거나 적어도 한집에 사는 사람들 같다. 굳이 귀 기울여 듣지는 않았지만, 나는 두 사람이 말다툼하고 있음을 눈치챘다. 격앙되어 높아졌다가 주위를 의식한 듯 불안스레 낮아지는 목소리를 따라 나도 긴장해서 숨을 멈췄다가 한꺼번에 내쉬는 일을 되풀이한다.

불행을 목격하는 일은 불편하다. 나도 모르게 불행에 감염될까봐 두렵다. 두 사람 쪽으로 눈길을 돌리지 않으려 애쓴다. 버스가 빨리 와서 내가 먼저 그 자리에서 떠날 수 있기를 바란다. 그러나 듣지 않고 보지 않으려 애쓸수록, 고개는 뻣뻣해지고 귀는 작은 한숨 소리도 놓치지 않는다. 말을 많이 하는 쪽은 남자다. 일정한 리듬과 성조로 마치 주문을 외듯 말을 이어간다. 성적 모욕을 퍼붓다가, 신체적 형벌에 대한 사나운 소망을 쏟아내다가, 나중에는 늙고 추한 외모를 조롱하기 시작한다. 날카로운 단도로 상대방의 급소를 짧고 힘 있게 찔러대는 것 같다. 여자의 말소리는 거의 들리지 않는다. 버스 정류장 주위는 흐느낌 같기도 하고 탄식 소리 같기도 한 소음에 휩싸인다. 편두통이 시작된다. 숨을 쉬기가 힘들다. 평소에는 어떻게 들숨과 날숨을 의식하지 않으며 숨을 쉬었는지 기억나지 않는다. 마침내 나는 버스를 포기하고 택시를 타기로 마음먹는다.

택시를 잡기 위해 차도로 가까이 다가가는데, 여자가 내 옆을 스쳐지나간다. 여자는 차들이 움직이고 있는 도로 한가운데로 천천히 걸어들어간다. 늦은 시간이라 차들이 많은 건 아니지만, 그래도 흐름이 끊어지지 않는 상태다. 나는 당황해서 남자를 돌아본다. 남자는 이미 그 자리에 없다. 나는 다시 고개를 돌려 여자의 뒷모습을 찾는다. 어디선가 날카로운 급브레이크 소리가 들려온다. 일정한 흐름으로 움직이던 차들이 도로 한복판에서 복잡한 매듭처럼 엉키더니 경적을 울려댄다. 머릿속에서 불길한 상상이 떠오른다. 한참 동안 어지럽게 모여 있던 차들이 여러 방향으로 흩어진다. 교차하는 전조등 불빛 속에서 남자와 여자의 모습이 나타난다. 남자가 등을 거칠게 떠미는 바람에 여자는 넘어질 듯 비틀거리며 차도를 벗어난다.

신고를 할 것인가, 못 본 체하고 피할 것인가. 나는 망설인다. 곧 결정을 내려야 한다. 버스 정류장으로 두 사람이 다가와 내 얼굴을 알아보고 기억하기를 바라지 않는다. 나는 서둘러 버스 정류장을 떠난다. 한 정거장쯤 더 걸어가서 버스가 오면 타고, 아니면 택시를 탈 작정이다. 정류장 주위를 밝히는 빛의 영역에서 벗어나자, 거리는 믿을 수 없을 만큼 적막한 곳으로 변한다. 불과 한두 시간 전만 해도 네온사인이 번쩍이던 곳임에도, 상점들이 셔터를 모두 내리고 난 뒤에는 영화 속에서 본 핵전쟁 이후의 폐허 같다. 아직 문을 닫지 않은 상점이 있기를 바라면서 서둘러 걷는다. 멀리 희미한 불빛이 보이는 것 같아서 걸음을 재촉한다. 몇 걸음만 더 가면 환한 곳으로 들어설 것 같은데, 철커덕, 셔터 내리는 소리가 들리면서 불빛이 사라진다. 걸음을 멈추고 주위를 살핀다. 다음 버스 정류장이 얼마나 남았는지 가늠해본다.

"버스는 이미 끊겼을 거예요."

등뒤에서 누군가가 다가와 말을 건넨다. 경계심 때문에 몇 걸음 앞으로 몸을 피한 뒤 뒤돌아본다. 몸집이 작고 머리가 헝클어진 여자 하나가 서 있다. 버스 정류장에서 말다툼하던 여자처럼 보인다.

"그 버스는 노선이 자주 바뀌어요. 이제 이 길로 다니지 않아요."

여자는 동네 가게로 잠깐 반찬거리를 사러 나온 듯한 차림새다. 가방은 물론이고 작은 손지갑 하나 들고 있지 않다. 여자는 연신 주위를 살피면서 한쪽 손으로 헝클어진 머리카락을 매만지고, 그러다가 생각났다는 듯 걸치고 있는 카디건 자락을 여민다. 놀랍게도 여자는 신발을 신고 있지 않다. 맨발을 바라보는 내 눈길을 의식한 듯 여자는 왼발을 들어 오른발의 발등을 쓱 문지른다.

"그 사람이 신발을 빼앗아갔어요. 신발은 이미 개천이나 하수도 속으로 들어갔을 거예요."

여자는 멍하니 서 있는 나를 남겨두고 어둠 속으로 몇 발자국 걸어들어간다. 그 사람? 버스 정류장에서 말다툼하던 남자인가? 용케도 빠져나왔나보다. 나는 흘러내린 가방끈을 고쳐 멘다. 제자리에 가만히 서서 여자가 멀리 사라지기를 기다린다.

"왜 안 와요?"

여자가 어둠 속에서 되돌아 나와 재촉한다.

"어디로 가는 거예요?"

다시 여자와 나란히 걷게 되자 나는 묻는다.

"집으로요."

"걸어서요?"

"네, 버스가 끊어졌어요."

나는 내 집을 향해 걷고, 여자는 여자의 집을 향해 걷는다. 우리는 어느 지점에 이르면 헤어질 것이다. 그러나 걷는 동안 여자의 맨발을 계속 바라보아야 한다. 보지 않으려 눈을 돌려도 맨발은 내내 마음속에서 땅을 디디며 움직인다. 여자의 맨발이 머릿속에 남아 있는 탓인지 내 발도 아프다. 나는 여자가 어서 제 갈 길로 가기를 바란다. 그러면 나는 맨발을 잊고 곧택시를 잡아탈 것이다. 한참을 걸어서 우리 집이 있는 동네 어귀로 접어들고 있음에도 여자는 여전히 나와 동행하고 있다.

"집이 이 근처세요?"

참다못해 내가 묻는다. 여자와 나는 어느새 가발공장이 있던 골목 어귀까지 와 있다.

"예전에 이 자리에 가발공장이 있었어요. 벌써 오래전에 문을 닫았지만요. 공장 바로 옆에는 개천이 흘렀어요. 물이 맑았죠. 큼지막한 돌을 들어올리면 가재가 그늘로 몸을 피하는 걸

볼 수 있었어요. 개천이 복개되어 4차선 도로가 되었죠. 자동차가 달리는 도로 아래에는 아직도 물이 흐르고 있다는 거잖아요. 놀랍지 않나요?"

여자는 눈을 동그랗게 뜨고 동의를 구한다. 나는 여자에게 고개를 끄덕여주고 말을 이어받는다.

"가발공장 자리에 새 건물이 들어섰고, 아래층에 은행과 슈퍼마켓이 생겼어요. 이 동네에 맨 처음 들어온 은행과 슈퍼마켓이었죠. 몇 년 지나지 않아 두세 군데가 더 생겼지만. 가발공장은 원래 두 갈래 길의 가운데에 서 있었죠. 오른쪽 길은 사람들이 주로 다니는 길이라 가게들이 늘어서 있었고, 밤에는 가로등 불빛이 환한 길이었어요."

"오른쪽으로 가도 집으로 갈 수 있지만, 지름길은 왼쪽이죠."

"하지만 지름길에는 가로등도 없고 사람이 거의 지나다니지 않는 아주 좁고 어두운 골목이잖아요."

"우리 집은 지름길로 가야 해요."

여자는 골목을 손가락으로 가리키더니 안으로 걸어들어간다. 나는 걸음을 멈춘다. 골목 어귀에는 커다란 느티나무가 한 그루 서 있고, 길을 향해 뻗은 가지 끝에는 얼기설기 엮어놓은 전깃줄에 백열전구 하나가 매달려 있다. 동네 아이들은 느티나무가 백 살이 넘었다고 했고, 가발공장의 여공 하나가 나뭇가지에 목을 매고 죽었다고 했다. 사실이 아닐 것이다. 아이들은 꿈과 현실을 구별하지 못한다.

나는 여자의 뒷모습을 삼켜버린 골목으로 들어가지 않을 것이다. 여자의 맨발이 눈에 아른거린다. 맨발은 여전히 내 머릿속에 남아 움직이고 있다. 나는 몸을 돌려 가로등 불빛이 환한 오른쪽 길로 향한다. 몇 걸음 움직이기도 전에 여자가 어둠 속에서 달려나온다. 골목이 여자를 다시 토해낸 것처럼 보인다.

"내가 중요한 것을 잃어버렸어요."

여자가 내 팔을 움켜잡으면서 말한다. 나는 여자의 발을 내려다본다.

"버스 정류장에요, 거기 두고 왔어요."

"분홍색 토끼 인형이요?"

"아니에요. 내가 중요한 것을 두고 왔어요. 찾으러 가야 해요."

버스 정류장에는 더러운 토끼 인형밖에 없었다고 말하려다가 그만둔다. 더럽지만 중요한 것일 수 있으니까.

"이 밤중에요? 내일 아침에 가면 안 될까요?"

여자는 고개를 젓는다.

"우리 집에 가서 내가 다시 버스 정류장으로 갔다고 전해주세요."

"제가요? 집이 어딘지도 모르는데."

"왜 몰라요. 우리 집인데."

여자는 내가 대답할 틈을 주지 않고 어둠 속으로 달려간다.

골목

여자는 제정신이 아닌 것 같다. 나는 여자의 맨발을 잊고 내 갈 길을 가기로 한다. 갑자기 골목이 입을 벌린다. 여자의 집으로 가봐야 하지 않겠느냐고, 망설이지 말고 어서 들어오라고, 골목은 불길한 목소리로 속삭인다. 꺼리는 마음과 달리 내 몸은 떠밀리듯 어둠으로 향한다. 느티나무가 몸을 비틀어 깊숙한 옹이구멍을 드러내 보이자, 백열등이 흔들리면서 고개를 젓는다.

아직은 되돌아나갈 여지가 있는 불빛의 가장자리에서 멈춰 선다. 나는 숨을 한 번 깊이 쉬고 달리기 시작한다. 달려서 어둠을 건너간다. 식은땀을 흘리면서, 끊임없이 뒤돌아보면서, 신발이 벗겨질까봐 초조해하면서, 온 힘을 다해 달려간다. 골목은 영영 끝나지 않을 듯 이어진다. 한 구비를 지나면 또 다른 구비가 나오고 그곳을 간신히 돌아나오면 더 깊이 웅크린 어둠이 기다리고 있다.

달리고 또 달리던 나는 불이 환하게 밝혀져 있는 어느 집 대문 앞에 멈춰선다. 숨이 가쁘다. 쇳덩어리 같은 다리가 터질 것 같아 더는 달릴 수 없다. 골목 안에서 불이 켜져 있는 집은 그

집뿐이다. 문 앞에는 나무 입간판이 세워져 있다. 붉은 십자가 그림 바로 아래 반듯한 글씨체로 '교회'라고 적혀 있다. 교회는 길보다 조금 낮은 곳에 슬레이트 지붕조차 버거워 보이는 형태로 웅크리고 있다. 반쯤 열려 있는 문을 밀어본다. 매캐한 불내가 난다. 서너 개의 계단 아래 좁고 평평한 직사각형의 마당이 보이고, 흰 셔츠를 입은 남자가 마당 한가운데 서서 꺼져가는 불꽃을 막대기로 뒤적이고 있다. 남자에게 다가가 눈을 들여다보는 순간 나는 기억해낸다.

너와 나는 서로의 옛집에 가보기로 약속했다. 우리는 버스를 타고 어느 먼 곳의 정류장에 내려서 길고 구불구불한 어린 시절의 골목으로 들어가기로 한 것이다. 골목을 지나 각자의 옛집을 통과하고 나면 원래의 너와 원래의 나로 돌아가, 우리의 새로운 집으로 함께 가게 될 것이라고 믿었다.

"아버지가 나를 불러서, 저녁 예배를 보러 간 어머니를 데리고 오라고 했어."

나는 달빛에 떠다니는 비눗방울 같은 너의 눈동자를 들여다본다. 너는 입을 열어 말을 하기 시작한다.

"어머니가 있는 교회에 가려면 어두운 골목을 지나가야 했어. 누군가가 사람을 죽였다는 소문이 떠도는 곳이었어. 나는 왜 아버지가 직접 교회로 어머니를 데리러 가지 않는지 이해할 수 없었어."

어린 너는 어두운 골목을 지나가는 게 죽기보다 싫다. 너는 식은땀을 흘리면서, 끊임없이 뒤를 돌아보면서, 신발이 벗겨질까봐 초조해하면서 온 힘을 다해 달려간다. 핏물이 고여 있는 것처럼 보이는 웅덩이 몇 개를 건너서, 기나긴 골목의 끝에 교회가 있다. 어머니는 날마다 새벽기도 하러 가고, 날마다 저녁 예배 보러 간다. 아무리 달려도 끝나지 않을 것 같던 골목은 매일 밤 다시 시작되고, 너는 골목의 양쪽 끝에 있는 어머니와 아버지 사이를 밤마다 홀로 달린다.

일요일 아침이면 어머니는 너를 데리고 교회에 간다. 너는 교회 안으로 들어설 때마다 숨을 참는다. 그곳에서는 고약한 냄새가 난다. 어머니가 집에 없는 오후의 냄새와 비슷하다. 허기를 참다못해 부엌을 뒤져 찾아낸 스테인리스 밥통의 뚜껑을 열었을 때 뿜어올라오던 냄새, 끈적이는 밥알들 위에 붉게 푸르게 노랗게 피어오른 곰팡이들의 냄새. 오래 갇혀 있던 냄새, 몰래 번식한 증오의 냄새, 어머니의 머리 위에 손을 올려놓고 온몸을 떨며 기도하던 목사의 입에서 뿜어올라오던 냄새. 너는 눈앞이 노랗게 변할 때까지 입과 코를 꼭 닫고 있다. 더는 숨을 참기 힘들어 입을 열면, 씁쓸하고 축축한 공기가 입안으로 흘러들어온다. 그러면 너는 두 손으로 코를 막고 힘껏 구역질을 참는다. 너는 몸을 돌려 다시 어두운 골목을 달리기 시작한다. 집으로, 집을 향해. 그러나 너는 아무리 달려도 집으로 돌아갈 수 없다.

"난 정말 끔찍한 꿈을 꿨어."

너는 나지막하게 말을 이어간다. 교회의 마당 한가운데 서 있는 너는 꺼져가는 불꽃을 막대기로 뒤적이고 있다. 네가 막대기를 한 번 움직일 때마다 불꽃이 솟구친다. 어른거리는 불빛 속에서 나는 그 얼굴을 알아본다. 버스 정류장에서 여자에게 욕설을 퍼붓던 남자의 얼굴이다.

"지옥에 갔다 온 꿈을 꿨어. 두 눈은 뽑혔고, 벌거벗은 몸에는 고문당한 상처가 뱀처럼 새겨졌지. 난 거리를 헤매면서 만나는 사람마다 붙들고 내 상처를 보여주었어. 나는 말하고 또 말했어. 지옥은 생각보다 훨씬 끔찍한 곳이었다고."

너는 흰 셔츠를 입고 있다. 흰 셔츠에는 검은 얼룩이 있다. 나는 너에게 더 가까이 다가가려던 걸음을 멈춘다. 꼼짝하지 않고 서서 너를 바라본다. 흰 셔츠에 있는 검은 얼룩이 점점 붉게 변하면서 넓게 번져간다.

나는 몸을 돌려 다시 달린다. 피 묻은 셔츠를 입은 남자로부터 가능한 한 멀리 달아나야 한다. 나는 너무 오랫동안 버스 정류장에 서 있었다. 기억을 더듬어보니, 내가 기다렸던 것은 이미 노선이 바뀐 버스였다. 왜 그것을 잊었을까. 무거운 후회와 두려운 무거움이 발목을 잡는다. 나는 식은땀을 흘리면서, 끊임없이 뒤를 돌아보면서, 신발이 벗겨질 것 같아 초조해하면서 온 힘을 다해 달린다. 골목은 영영 끝나지 않을 듯 이어진다.

침대가 있는 방

너와 나는 침대 위에 나란히 눕는다. 나는 이불을 끌어당겨 얼굴을 반쯤 덮는다. 이 집은 춥다. 외투를 입고 있음에도, 온몸이 덜덜 떨린다. 어머니가 떠난 너의 집은 춥다. 어머니가 떠난 뒤 너는 보일러를 켜지 않는다. 어머니가 떠난 뒤 너는 전기담요의 코드를 뽑아버렸다. 벽은 아주 차갑고 창문은 얼어붙었다. 방안에는 차가운 바람이 분다. 너는 손을 뻗어 내 손을 잡는다. 하나의 고리에 다른 고리를 연결하는 것처럼, 찰칵, 가볍고 따뜻하게. 네가 내 손을 잡는 방식을 나는 좋아한다. 창밖에서 개 짖는 소리가 들려온다.

어머니는 늘 내 손을 잡아줬어. 좁은 틈을 겨우 비집고 나오는 것 같은 목소리로 너는 말한다. 언제부터인가 우리는 쾌락 없이 그저 손을 잡고 누워 있었어. 나는 오직 나만 생각해주는 사람이 필요했어. 다른 사람을 생각하지 않고 자기 자신도 생각하지 않고 오직 나만 생각해주는 사람. 너는 이제 울먹이기 시작한다. 당신 때문에 어머니가 떠났어. 나는 고개를 젓는다. 어머니는 오래전에 떠났잖아. 그렇지 않아. 너는 네 손에서 내 손을 거칠게 떼어내어 허공으로 팽개친다. 어머니는 늘 떠나겠다고 말했지만, 정말로 떠난 적은 없었어. 너는 울먹이고 있다. 울음소리 사이로 토막난 말들이 들려온다. 모두. 당신 탓이야. 당신이. 다 망쳐버렸어. 당신을. 여기에 들여놓지 않으려고. 얼마나 애를 썼는데.

나는 침대에서 몸을 일으켜 네 얼굴을 바라본다. 딸꾹질을 하는 네 얼굴은 눈물범벅이다. 나는 너에게 물어보고 싶다. 너는 나를 누구라고 생각하니? 혹은, 너는 나를 어떻게 생각하니? 혹은, 너는 나를 뭐라고 생각하니? 그러나 물어본다고 해도 너는 진실을 말하지 않을 것이고, 어쨌든 이 세상에 진실이라는 게 있는지 없는지 나는 잘 몰라서 아무 말도 묻지 않는다. 도로 침대 위에 눕는다. 그러자 네가 내 등을 떠밀며 고함을 지른다. 눕지 마! 일어나! 갑자기 온 동네 개들이 일제히 짖기 시작한다. 나가! 나가라고! 이 침대는 어머니와 나의 것이야. 나가! 이 방은 어머니와 나의 방이야. 나가!

나는 일어난다. 침대가 덜컹거린다. 누워 있는 네 몸을 밟지 않으려 애를 쓰면서 방바닥으로 내려간다. 춥다. 외투깃을 여미면서 방밖으로 나온다. 문을 닫으려는 순간 네 목소리가 터져나온다. 가지 마, 가지 말라고. 거기 서. 나는 힘껏 문을 닫는다. 추위와 공포에 떨면서 황급히 신발을 찾는다. 신발을 반쯤 신고 현관문을 연다. 허공을 휘젓는 손이 나를 따라온다. 언제나 무엇인가를 움켜쥐려는 손. 비어 있음을 견디지 못하는 인내심 없는 손. 나는 현관문을 힘껏 닫는다. 문틈 사이로 비집고 나오려는 손을 밀어넣는다. 현관문에 괴어 있던 벽돌을 집어들고 밖으로 비집고 나온 손을 내리친다. 손목이 꺾인다. 나는 몸을 돌려 계단을 달려내려간다. 신발이 벗겨진다. 내려가고 또 내려가도 계단은 끝이 날 것 같지 않다.

어두운 계단의 끝에 반쯤 열려 있는 문이 보인다. 나는 황급히 안으로 들어가 문을 잠근다. 오후의 비스듬한 햇살이 스며들고 있는 방안은 고요하다. 어린 내가 저기 아랫목에 머리까지 이불을 뒤집어쓰고 누워 있다. 나는 감히 이불 밖으로 얼굴을 내밀 엄두를 내지 못한다. 마루에 있는 괘종시계가 울리기 시작했기 때문이다. 식구들이 모두 사라져버린 집안에 괘종시계 소리가 울려퍼진다. 종소리는 내 몸 안으로 흘러 들어와 깊고 맑게 울려퍼진다. 아랫배가 묵직해지면서 명치끝이 저리기 시작한다. 안개 같은 것이 몸 안을 가득 채우기 시작한다. 나는 우물 바닥만큼 깊은 곳으로 가라앉는다. 가라앉고 또 가라앉다보면 세상에서 가장 깊고 어두운 곳이 내 몸속에 있음을 알게 된다.

이불은 여전히 차갑고 축축하다. 벌써 며칠째 나는 그 속에 누워 있다. 지린내나는 이불을 불덩이처럼 뜨거운 몸으로 말릴 속셈이다. 이불은 매우 무거웠으므로, 들추고 일어날 기운이 없기도 하다. 나는 아프다. 헛구역질이 나고 배가 꿈틀거린다. 밥을 먹어도, 죽을 먹어도 나는 토한다. 언제부터인가 어머니는 나에게 보리차만 준다. 다섯 살이나 여섯 살쯤인 나는 알고 있다. 어머니는 내가 죽기를 바라고 있다는 사실을. 어머니는 내 배 속에서 거대한 괴물이 자라고 있다는 것을 알고 있다.

아버지가 출근하고 언니들이 학교에 가버리면, 어머니는 내 머리맡에 돌처럼 굳은 얼굴로 앉는다. 나는 벌을 받고 있다. 시장에서 파는 주황색 냉차, 만홧가게에서 파는 떡볶이와 어묵, 어머니가 질색하는 울긋불긋한 음식들을 탐냈기 때문에, 그래서 문방구 쓰레기통이나 동네 골목에 버려진 불량한 것들을 주워먹었기 때문에. 세상이 쓰레기와 곰팡이와 먼지로 뒤덮여 있다는 사실을 아는 사람은 나뿐이기 때문에. 내 배 속에는 거대한 괴물이 자라고 있기 때문에. 어머니는 내가 죽기를 바라고 있다.

며칠 동안 이불 속에 방치되어 있던 나는 정신이 혼미해진 상태로 병원에 실려간다. 의사는 내가 급성간염에 걸렸다는 진단을 내린다. 바이러스 때문에 생기는 병인데, 어린아이들은 스트레스를 받아도 걸릴 수 있어요. 나는 의사가 내 배 위에 사인펜으로 그림을 그리며 설명하는 말에 귀를 기울인다. 간이 이만큼 부풀어올랐어요. 며칠만 늦었어도 큰일날 뻔했어요.

나는 태어나서 처음으로 침대라는 곳에 누워본다. 병원 침대는 명절이나 손님을 초대했을 때 펴는 긴 밥상처럼 생겼지만, 더 높고, 푹신한 요가 깔려 있고, 한쪽 옆은 쇠창살로 막혀 있다. 밤이 되자 나는 잠이 오지 않아 침대 위에서 이리저리 몸을 뒤척인다. 손등에 꽂은 주삿바늘은 자주 곤두서고 자주 미끄러진다. 잠이 막 들려고 하면 아랫배가 묵직하다. 침대에는 하얀 홑이불이 덮여 있다. 또 오줌을 싸서 하얀 것을 더럽히면 큰일이다. 나는 어둠 속에서 일어나 앉는다. 손등에 꽂은 주삿바늘을 만져본다. 반창고를 떼어내고 바늘을 잡아당긴다. 생각보다 쉽게 바늘은 손등에서 빠져나간다. 나는 침대에서 내려와 맨발로 병실 한쪽 구석에 있는 화장실로 간다. 불을 켜고 문을 열고 안으로 들어간다. 바닥의 하얗고 네모난 타일 위로 붉은 핏방울이 뚝뚝 떨어진다. 소독약 냄새와 녹슨 비린내가 화장실 안에 가득하다. 나는 밖으로 나와 무거운 병실 문을 밀어서 연다. 차가운 복도 위를 달려서 비상구로 향한다. 손등에서는 피가 멈추지 않는다. 비상구 문을 열고 계단을 달려내려간다. 계단은 얼음으로 만든 것 같다. 내려가고 또 내려가도 끝이 날 것 같지 않다. 얼어붙은 발이 떨어져나갈 것 같을 때 문이 나타난다. 문을 열고 안으로 들어간다.

방안은 후덥지근하고, 낡은 선풍기가 삐걱거리며 돌아가고 있다. 왜 이제 왔어요? 침대 위에 누워 있던 네가 몸을 일으킨다. 어디 갔다 온 거예요? 나는 네 옆에 걸터앉는다. 당신이 없으면 나는 너무 슬퍼요. 내가 슬픔을 이 방에 들여놓지 않기 위해 얼마나 애썼는지 알아요? 어떤 슬픔은 정말 공격적이에요. 나는 외투를 벗는다. 침대 위로 올라가 네 옆에 나란히 눕는다. 이불에서 젖은 흙냄새와 물비린내가 난다. 한바탕 비가 쏟아지고 난 뒤 공기 속에서 나는 냄새 같다. 침대 옆에는 커다란 창문이 있고, 창밖으로 무성한 나뭇잎들이 보인다. 이 방은 마치, 강물 위에 떠 있는 것 같아. 필리핀이나 베트남에 있는 수상가옥 같은 것 말이야. 내가 중얼거리자, 너는 그래요,라고 대답하며 손을 뻗어 내 손을 잡는다. 하나의 고리에 다른 고리를 연결하는 것처럼, 찰칵, 가볍고 따뜻하게. 그러자 너의 몸과 나의 몸은 서로에게 끌려간다. 내 살갗에 네 손가락의 지문이 새겨지고, 네 심장의 고동이 내 심장의 고동을 증폭시키고, 내 몸에서 흘러나오는 액체가 네 살갗에 흔적을 남기고, 너와 나의 나지막한 탄성이 이 세계에 파동을 일으킨다. 나는 이제 허공에 부유하던 헛것이 아니라 이 세계에 실제로 존재하는 몸이다. 너로 인해 나는 나의 밖으로 나오게 된다. 하나의 몸을 이 세상에 실제로 있게 하는 것은 또 하나의, 그러나 다른 몸. 나의 의식은 비로소 세계와 연결된 내 몸이 단단하고 부드러운 물질임을 긍정할 수 있다. 긍정할 수 있을 뿐 아니라 즐거워할 수도 있다. 이제 나는 두려워하지 않는다. 저 아득한 강물 위로 몸을 던질 것이다. 물결을 따라 일렁이며 떠내려갈 것이다.

아니야, 이건 아니야. 너는 갑자기 고함을 지른다. 이건 아니라고. 어머니는 음란하지 않아. 이건 가짜야. 당신은 가짜야. 너는 저만큼 떨어져나간다. 모든 것이 무너지기 시작한다. 붕괴는 순식간에 일어난다. 네 몸이 조금씩 사라지고 있다. 창밖에서 비가 쏟아지기 시작한다. 무성한 나뭇잎을 때리는 빗방울 소리가 선풍기 소리를 지워버린다. 아니야, 이건 아니야. 나는 허공을 움켜잡는다. 내 몸이 점점 투명해진다. 사라지지 않기 위해 무엇인가 해야 한다. 열린 창문을 통해 빗방울이 방안으로 들이친다. 무엇이든 잡아야 해. 허공을 휘젓던 내 손에 차갑고 단단하고 날카로운 물체가 잡힌다. 힘껏 움켜잡는다. 아프다. 따뜻한 느낌이 손바닥을 적신다. 침대 위로 붉은 핏방울이 뚝뚝 떨어진다. 내가 손에 꼭 쥐고 있는 것은 네 심장이다. 나의 붉고 따뜻한 피가 너의 차갑고 딱딱한 심장을 적시면 붕괴를 막을 수 있을 것이다. 하지만 너는 심장이 없다. 내 손은 여전히 허공에서 허우적거리고 있다. 나의 심장은 들이치는 차가운 빗방울에 식어간다.

다시 버스 정류장

나는 밤의 한가운데에 서 있다. 거리에 늘어서 있는 상점들 모두 셔터를 내렸다. 아직 문을 닫지 않은 상점이 있을지도 모른다는 기대를 품은 채 걷는다. 멀리 희미한 불빛이 보인다. 안도하며 걸음을 재촉한다. 몇 걸음만 더 가면 불빛의 영역 안에 들어설 것이다. 서둘러 걸음을 옮기는 순간, 철커덕, 셔터 내려가는 소리가 들린다. 동시에 불빛이 사라진다. 나는 멈춰서서 주위를 살핀다. 저 앞에 불빛이 보이는 것 같다. 다시 걷기 시작한다. 그러나 몇 걸음 가기도 전에 셔터 내리는 소리가 들리고 불빛이 사라진다. 계속 앞으로 걸어간다. 철커덕, 서터 내리는 소리가 들린다. 걸음을 빨리한다. 걷는 속도를 빨리하자 소리의 간격도 짧아진다. 철커덕. 철커덕. 갑자기 깨닫는다. 누군가가 나보다 몇 발자국 앞서서 걷고 있다.

나는 누군가의 뒤를 따라 걷고 있지만 쫓기고 있다. 앞서서 걷고 있는 누군가가 나를 쫓고 있다. 그러니 뒤돌아보아도 그가 누군지 알 수 없다. 나는 쫓기고 있기에 그를 따라잡을 수 없다. 그가 누구인지 알고 싶지만 뒤돌아볼 수도 따라잡을 수도 없다. 그러면 게임에서 진다. 지면 내 몫이 아닌 빚을 갚아야 한다. 내 앞에서 나를 뒤쫓는 사람이 누군지 끝까지 몰라야 한다. 그 순간 내가 누군지도 모른다는 사실을 깨닫는다. 나는 내가 누군지 알 수 없다. 그러니까 나는 알 수 없는 누군가에게 쫓겨 달아나고 있는, 알 수 없는 누군가이다.

나는 어둠 속으로 사라진 누군가를 뒤따라간다. 아니. 누군가가 내 뒤를 따라가고 있다. 그래. 나는 누군가를 피해 달아나고 있다. 아니. 누군가가 나를 피해 달아나고 있다. 그래. 나는 내 얼굴을 보려고 달아나고 있다. 나는 내 얼굴을 보기 위해 나를 피해 달아나고 있다. 아니. 나는 내 얼굴을 보려고 서터를 내리지 않은 누군가를 향해 가고 있다. 그토록 불빛을 찾아 헤매는 건 내가 누군지 알고 싶기 때문이다. 유리창에라도 얼굴을 비춰보고 싶다. 얼굴을 보면 내가 누군지 알 수 있을 테다.

모퉁이를 돌자 버스 정류장이 나타난다. 나는 중요한 것을 찾으러 가고 있었음을 기억해낸다. 버스 정류장에 두고 온 것이다. 불 켜진 가로등 아래 남자와 여자가 서 있다. 심장이 덜컥 내려앉는다. 말다툼을 하던 두 사람이다. 나는 잠시 머뭇거리다가 불빛을 향해 계속 걷는다. 마침내 불빛의 영역 안으로 들어선다. 나는 두 사람과 눈이 마주치지 않으려고 조심한다. 옆구리 근처를 더듬으며 가방을 찾는다. 가방이 없다. 버스 정류장에 두고 온 것은 가방인가. 주위를 둘러본다. 신발을 신지 않고 있는 나의 맨발이 눈에 띈다. 발바닥에 닿는 보도블록의 표면이 새삼 거칠게 느껴진다. 두 사람에게 나의 행색이 어떻게 보일지 걱정하면서, 나는 버스 정류장의 플라스틱 의자에 조심스럽게 앉는다. 더러운 연분홍색 토끼 인형이 여전히 놓여 있는 의자에.

두 사람은 여전히 말다툼하고 있다. 나를 전혀 의식하지 않는다. 남자는 여자에게 고함을 지르고 욕설을 퍼붓는다. 여자의 말소리는 거의 들리지 않는다. 나는 두 사람 때문에 머리가 아프고, 숨이 쉬어지지 않는다. 남자는 여자에게 가버리라고 하고, 가지 말라고 하고, 꺼지라고 하고, 돌아오라고 한다. 남자는 여자의 어깨를 잡아흔들면서 가라고 하다가, 여자가 가려고 하자 세게 팔을 잡아당긴다. 남자는 여자의 팔을 움켜잡고 있는 스스로에게 화가 난 듯, 다시 여자를 떠밀고 잡아당기고 밀치고 저주한다. 여자가 저만큼 달아나자 남자는 다시 돌아오라고 애원하고, 어쩔 수 없다는 듯 여자가 다가가자 여자를 밀쳐서 넘어뜨린다. 여자의 가방이 내던져지고 신발이 벗겨진다.

나는 더이상 보고만 있을 수 없어 의자에서 일어난다. 이번에는 달아나지 않기로 한다. 도움을 청해야 해. 경찰에 신고해야 해. 그러나 나에게는 가방도 없고 신발도 없다. 주머니를 뒤져 휴대폰을 찾는다.

"네 맘대로 갈 수 있을 거 같아? 내 화가 풀릴 때까지 너는 벌을 받아야 해."

넘어진 여자는 죽은 듯이 땅바닥에 엎드려 있다. 남자는 여자에게 눈길조차 주지 않은 채 혼잣말처럼 욕설을 내뱉고 있다. 나는 여자의 맨발을 바라본다. 그리고 흰 셔츠를 입은 남자를 돌아본다.

그때 여자가 몸을 일으킨다. 여자는 내 옆을 조용히 스치고 지나가 남자의 품에 안긴다. 얼마 있어 여자는 남자의 몸에서 떨어져나온다. 여자는 어둠 속으로 사라진다. 얼어붙은 듯 꼼짝하지 않고 서 있는 남자의 흰 셔츠에 붉은 핏물이 번진다. 남자의 눈동자가 번들거린다. 달밤에 이리저리 떠다니는 비눗방울 같다.

비로소 나는 깨닫는다. 두 사람은 내가 버리려고 애쓴 너와 나이구나. 버릴 곳이 마땅치 않아 아무 데나 두고 온 나의 아이들, 내 아들과 내 딸. 내 어머니의 아들과 내 아버지의 딸. 내가 다시 찾아가 땅에 묻어버려야 할 나. 머릿속에서 영영 지워버리기 위해 땅에 묻어버려야 할 너. 내 아버지의 딸과 내 어머니의 아들. 우리 모두 어머니를 모욕하지 않고 아버지를 살해하지 않기 위해 얼마나 애쓰며 살았는지 너는 아니?

꿈

이따금 옛집에 돌아가는 꿈을 꾼다. 꿈에서 나는 여전히 어린아이인데 집은 너무 낡고 허물어져 안으로 들어갈 수 없다. 벽에는 가망 없는 균열이 기어오르고, 기둥의 페인트칠은 꺼칠하게 일어나 있다. 경첩이 떨어져 흔들리는 문을 조심스럽게 밀고 방안으로 들어간다. 빗물로 얼룩진 벽지에 손바닥을 대어본다. 차갑다. 집을 지탱하고 있던 생기가 사라졌다. 이럴 수가 있나. 집이라는 건, 언제나 굳건하게 그 자리에 서 있어야 하는 것 아닌가. 어린아이인 나는 어른의 목소리로 중얼거린다.

내 가슴은 돌처럼 차갑고 단단하다

모닥불

우리는 모닥불가에 모여 있었다. 정확하게 말하자면 그건 모닥불이라기보다는 아직 불씨에 가까운 불꽃과, 어디선가 금세 주워온 나뭇가지들, 덜 마른 장작들, 불씨를 살리려고 사이사이에 구겨넣은 종이 쪼가리들이 불규칙적으로 쌓여 있는 뭉텅이 같은 것이었다. 우리는 부채질을 하기도 하고 양초 토막을 던져넣기도 하고 젖은 나무에서 뿜어져나오는 연기 때문에 눈물을 흘리기도 하면서 아직 채 모닥불이 아닌 것을 모닥불로 타오르게 하려고 애쓰고 있었다.

네가 나타난 것은 그때쯤이었다. 모닥불 아닌 것의 뭉텅이 속에서 갑자기 나뭇가지들이 화르르 타오르면서 큰 불꽃이 솟아오르는 순간. 어슴푸레한 배경을 지고 너는 무대 위로 등장하는 배우처럼 걸어나왔다. 어쩌면 너는 윤곽이 희미한 사물

속에 묻힌 채 한동안 서 있었는지도 모른다. 제법 굵은 장작에 불꽃이 옮겨붙어 주위가 밝아지면서 숨어 있던 모습이 드러난 것이었을지도. 네가 특별해 보인 것은 아니었다. 너는 길거리에서 흔히 마주치는 20대 여자처럼 보였다. 데님 미니스커트에 헐렁한 흰 블라우스를 입고 있었고, 크지도 작지도 않은 키에 예쁘지도 밉지도 않은 이목구비였으며, 20대 여자들의 일반적인 헤어스타일인 긴 생머리를 늘어뜨리고 있었다.

만약 네가 좀 특별해 보이기도 했다면, 그건 그 자리에 모여 있는 우리 때문이었을 것이다. 그 자리에 있던 우리, 그러니까 네가 나타나기 전에는 남자 둘과 여자 하나였으나 너를 데리고 나타난 또 다른 남자 하나가 더해져 넷이 된 우리는 모두 너보다 열대여섯 살은 나이가 많은 사람들이었다. 우리에게 너는 젊다기보다는 어리다고 해야 마땅할 새파란 사람이었고, 그래서 네가 우리 사이에 자리를 잡자 환하게 빛나기 시작했던 것이다. 오, 젊음.

우리가 모여 있던 곳은 한적한 시골의 오두막이었다. 우리 가운데 한 사람인 집주인은 주로 서울에서 생활했고, 아직 갚아야 할 대출금은 좀 남았지만 그래도 강남 한복판에 자리잡은 커다란 아파트를 소유하고 있었으므로, 오두막은 이따금 교양과 품위의 무장해제를 위한 별장 같은 곳이었다. 간단히 말해서 이따금 누리는 여유로운 주말의 밤을 위한 곳이었다. 모닥불을 가운데 두고, 우리는 편의점 앞에 놓여 있을 법한 파란색 플라스틱 의자나 낚시용 접의자 비슷한 것들에 걸터앉은 채, 각자 입맛에 맞게 캔 맥주 또는 막걸리가 담긴 일회용 종이 컵을 골라잡아 하나씩 손에 들고 있었다.

"그런데 신발이 왜……, 그거 한 짝만 신고 왔어요?"

누군가가 너에게 물었다. 우리의 눈길이 일제히 모닥불 그림자가 어른거리고 있는 너의 흰 맨발로 향했다. 그리고 알록달록한 페디큐어가 칠해져 있는 발가락들을 핥듯이 차례로 탐색한 뒤, 검은색 끈으로 결박당해서 마치 고문이라도 당하고 있는 것처럼 보이는 너의 다른 한쪽 발로 옮겨갔다. 우리의 눈길이 발을 간질이기라도 한 듯 너는 갑자기 웃음을 터뜨렸다.

"아, 아니에요. 그게 아니라……, 아까 올라오는 길에 샌들 한 짝을 잃어버렸어요. 저 아래에 있는 개울을 건너다가."

너는 옆자리에 앉아 있는 남자를 흘낏 돌아보더니 말을 이었다.

"물에 발을 한번 담가보고 싶어서 다리 아래로 내려가 징검다리로 개울을 건넜거든요. 샌들을 벗어서 손에 들고 있다가, 한 짝을 그만 물에 빠뜨렸어요. 떠내려갔는지 어떻게 된 건지 찾을 수가 없더라고요."

어이쿠 저런. 하. 짧은 탄식 같기도 하고 헛웃음 같기도 한 소리가 우리 사이로 퍼져나갔다. 아닌 게 아니라 굽이 꽤 높아 보이는 너의 검은색 샌들은 그냥 평평한 땅 위에서 신고 있기도 불편해 보였다. 그런데 너는 왜 한 짝만 남은 샌들을 벗어놓지 않고 굳이 신고 있던 걸까?

그러나 우리는 너에게 더이상 아무것도 묻지 않고 계속 술을 마셨고, 만나면 늘 하던 이야기들을 나누었다. 서로의 건강에 대해 묻다가 대장내시경을 받았을 때 겪은 끔찍한 경험담을 나누기도 하고, 아이들을 조기유학 시켜야 할지, 국내의 외국인학교에 보내야 할지 토론했으며, 네트워크치과 시스템이 지닌 문제와 관련해서 신자유주의의 무한경쟁 체제에서 개인의 자유의지로 윤리를 지키는 것이 어느 정도까지 가능한가를 회의했다. 그리고 누구는 이제야 전임이 되었다더라, 누구는 파산했고, 누구는 이혼했는데 정신적으로 문제가 좀 있다더라, 등등 아는 사람과 또 아는 사람의 아는 사람들의 소문과 근황을 전달하는 대화가 이어졌다. 그러는 내내 너는 아무 말도 없이 우리들의 이야기를 듣고 있었고, 분위기는 점점 침몰하는 배처럼 가라앉았다. 어느 순간 말이 끊기자, 정적이 이어졌다. 정적은 어쩐지 아득했다. 질기고 두터운데다 절대로 벗겨지지 않을 껍데기 같은 게 우리 머리 위를 덮고 있는 느낌이었다.

"불을 숭배하는 종교가 있다는 게 참으로 납득이 가잖아? 이렇게 불을 들여다보고 있으면 말이야. 뭔가 정화되는 느낌 같은 게 있어."

이제는 제법 활활 타오르는 불꽃을 바라보면서 집주인이 입을 열었다. 우리는 말없이 모닥불을 지켜보았다. 풀숲에서 무엇인가 바스락거렸고, 멀리서 개 짖는 소리가 들려왔다. 공기가 서늘하고 축축해졌다. 너는 추운 듯 몸을 움츠렸고, 짧은 치마의 끝자락을 끌어내리면서 드러난 허벅지를 조금이라도 감싸려 했다. 집주인이 오두막에서 얇은 담요를 가지고 나와 너에게 건넸다. 네가 반색하며 담요를 받아들자, 집주인은 다시 의자에 앉아 이전에 하던 이야기를 이어갔다.

"조로아스터교도들은 사람이 죽으면 독수리나 늑대에게 죽은 몸을 내어준다는군. 무거운 육체를 버리고 가벼워진 영혼은 천국 문 앞까지 올라가 자신이 생전에 했던 행위들을 저울에 달아보게 된다고 믿는대. 그래서 저울의 눈금이 조금이라도 선으로 기울면 천국으로 들어가고, 악으로 기울면 지옥에 간다는 거야."

"사람이 하는 일이 저울의 눈금으로 잴 수 있을 만큼 선악을 확실히 구별할 수 있는 건가? 의도와 행위도 서로 어긋나는 경우가 많은데 말이야."

너를 데려온 남자가 끼어들었다. 그러자 그 남자를 돌아보며 네가 물었다.

"지금 무슨 이야기를 하시는 거죠?"

갑작스러운 질문에 우리는 미소를 지었다. 이제껏 한마디도 안 하고 있던 네가 하필이면 그때 끼어들다니. 물론 우스운 이야기는 아니었으나 왠지 웃음이 나왔다. 길고 복잡한 설명을 늘어놓느니 그냥 웃는 게 나아서 그랬을지도 모른다. 혹은 우

리 가운데 그 누구도 길고 복잡하게라도 설명할 능력이 없었
거나.

"이 신성한 불 앞에서 그동안 지녀왔던 악의 무게를 한번 줄
여볼까?"

터져나온 웃음 때문인지 올라오는 술기운 때문인지 왠지
들뜬 목소리로 집주인이 말했다.

"예전에 그런 거 많이 했잖아. 진실게임. 아니면 고해성사라
해도 좋고. 그런 걸 하는 거야. 누구에게도 말 못 한 나쁜 짓, 꼭
나쁜 짓이 아니더라도 남들에게 말할 수 없었던 찌질한 이야
기. 그런 걸 이 기회에 털어서 신성한 불꽃 속으로 던져넣어버
리는 거야. 어때?"

집주인뿐만 아니라 우리 모두 맑은 정신은 아니었다. 그러
니까 술이 좀 거나하게 취해 있었다. 모닥불 속에서 완전히 타
버려 숯이 된 장작이 투두둑 무너지는 소리가 들렸다.

"3, 4년 전쯤 일이야. 강남역 근처에서 새벽까지 술을 마시
고, 반쯤 필름이 끊긴 상태에서 거리를 걷고 있었어. 그즈음에
는 왜 그랬는지 연일 술을 퍼마시며 살았지. 암튼 평소 같으
면 아무리 취했어도 택시라도 잡아타고 집에 갔을 텐데, 그날
은 정신을 차려보니 어느 골목길을 비틀거리며 걷고 있었어.
연립주택하고 상가건물들이 모여 있는 낯선 동네였지. 택시를
잡으려고 큰길로 나가려는데 어디가 어딘지 알 수가 있어야
지. 길을 물어보려 해도 새벽이라 지나다니는 사람들도 없었

고, 도무지 방향을 알 수가 없더라고. 그렇게 헤매고 있는데 바로 눈앞에 어떤 아가씨가 걸어가고 있었어. 뭐랄까, 취업 면접용 복장이라고 해야 하나? 짧은 정장 재킷에 몸에 딱 붙는 스커트를 입고 하이힐을 신은 아가씨였어. 그런데 걸을 때마다 아가씨의 탱탱한 엉덩이가 묘하게 씰룩거리는 거야. 그러면서 나에게 이렇게 말하는 것 같았어. '나 좀 만져주세요, 나 좀 만져주세요'."

우리는 또 웃음을 터뜨렸다. 아직 어린 아가씨인 너는 손바닥으로 입을 가리고 웃었다.

"그래서 내가 어떻게 했는지 알아? 달려들어서 아가씨의 엉덩이를 양손으로 움켜쥐었지. 아니, 움켜잡았다고 생각하는 순간 뒤에서 아가씨를 덮치면서 함께 앞으로 넘어졌어. 그러자 아가씨가 비명을 지르면서 발버둥을 치다가 일어났어. 그리고 벗겨진 하이힐과 들고 있던 핸드백으로 나를 때리고 난리가 났지. 나는 엉금엉금 기어서 아가씨 앞에 무릎을 꿇고 손이 발이 되도록 빌었어. 금세 사람들이 모여들어서 아가씨에게 경찰을 불러줄까 묻더군. 나는 다급해져서 아가씨에게 내가 너무 취해서 잠깐 미쳤나보다고, 난 원래 나쁜 사람 아니라고, 한 번만 용서해달라고 매달렸지. 아휴 쪽팔려. 하마터면 근처에서 개업하고 있는 치과의사라면서 명함까지 꺼내 보여줄 뻔했다니까."

"그래서 어떻게 됐어? 설마 파출소에 끌려간 건 아니겠지?"

"내가 너무 불쌍해 보였던지 결국 아가씨가 나보고 그냥 가라고 하더군. 빨리 꺼지라고."

집주인은 자기가 왜 그런 행동을 했는지 전혀 알 수 없다고 했다. 어쩌면 꿈을 꾼 것인지도 모른다는 생각이 들었지만, 넘어지면서 긁힌 상처와 멍자국이 팔뚝에 며칠 동안 또렷하게 남아 있었다고 했다. 우스갯소리를 섞어가며 이런저런 이야기를 하던 끝에 우리는 그의 행동이 선하지 않음은 분명하지만, 그렇다고 명백히 악한 행동이라고 규정짓기도 힘들지 않겠냐는 걸로 마무리를 지으려 했다. 그러자 네가 지하철에서 여자들을 추행하는 짓은 명백히 악한 짓이 아닌가, 집주인의 행동이 그것과 다를 게 뭐냐고 고집을 부렸다. 너는 그가 우리가 모여 있는 집의 소유주라는 것을 알지 못한 상태이거나 전혀 염두에 두지 않는 것처럼 보였다. 마침내 우리는 집주인의 행동을 저울에 올려놓으면 눈금이 악한 쪽으로 조금은 기울어질 것이라는 정도로 결론을 내렸다.

잠시 침묵이 이어진 뒤 너를 데려온 남자가 이야기를 시작했다.

"너희들도 알다시피 우리 어머니는 대학에서 강의를 했고 또 여러 사회단체 일에도 관여했기 때문에 집에서 얼굴 보기가 힘들 정도로 바빴어. 우리 세 남매를 돌봐주고 살림도 해줄 사람이 필요해서 우리 집에는 상주하는 가정부 누나가 늘 있었지."

우리는 고개를 끄덕여 그 말에 수긍했다.

"내가 어떤 누나 하나를 꽤 좋아했어. 예쁘고 다정했던 것 같아. 왜냐하면 언젠가 내가 무척 아파서 밤새 열이 나고 토할 때, 그 누나가 잠도 안 자고 침대 옆에 앉아서 손을 잡아주고 이마도 짚어보면서 돌봐줬던 기억이 나거든. 그런데 내가 초등학교 5학년 때 일이야. 어느 날 도시락을 잊어버리고 학교에 갔어. 나는 좀 산만한 편이라서 종종 책가방이나 준비물 같은 것들을 잊고 가곤 했지. 그럴 때마다 집으로 전화를 걸어서 기사 아저씨에게 잊고 간 물건들을 갖다 달라고 부탁하곤 했어."

"기사 아저씨요?"

네가 고개를 갸우뚱하면서 물었다.

"어머니가 쓰시는 차를 운전하던 기사 아저씨. 우리 세 남매는 차를 타고 등하교를 했어."

"우와!"

너는 짧은 감탄사를 내뱉었다.

"아버지는, 소설 쓴다는 핑계로 허랑방탕 사는 나와는 전혀 다른 분이었지. 사업을 크게 하셔서 우리 집은 꽤 잘사는 편이었으니까. 아무튼 초등학교 5학년 때의 일로 돌아가서, 나는 그날 도시락을 집에 두고 왔다는 것도 모르고 있었지. 아침 자습 시간이었어. 담임이 교무회의를 하러 가서 반장이 앞에 나와 아이들을 조용히 시키고 있었지. 갑자기 교실 뒷문이 벌컥 열리면서 누군가 내 이름을 큰 소리로 불렀어. 깜짝 놀라서 뒤

돌아보니 내가 좋아하던 그 누나가 문 앞에 서서 내 도시락 가방을 높이 쳐들고 서 있는 거야. 반 아이들이 모두 뒤를 돌아보았는데 그 순간 내가 몸 둘 바를 모르겠더라고. 집에서 볼 때는 예쁘기만 하던 누나가 왜 그렇게 촌스럽고 초라해 보였는지. 집에서는 안 하던 화장까지 진하게 한 탓에 입술은 빨갛고 피부는 번들거리고 눈썹은 시커멓고…… 아이들이 보고 있는 앞에서 내 이름을 자꾸만 큰 소리로 부르는데 환장하겠더군. 나는 문 앞으로 달려가 도시락 가방을 낚아채듯 받아들고 누나를 뒤로 확 밀어버린 다음, 재빨리 교실 문을 닫았어. 그러니까 누나 코앞에서 문을 쾅 닫은 거였어."

"아, 왜 그랬어요?"

너는 안타깝다는 듯이 물었다. 너는 앞선 사람의 이야기보다 더 집중해서, 더 흥미롭게 그의 이야기를 듣고 있는 것처럼 보였다.

"그냥 수치스러웠다고나 할까. 그 무렵 나는 사춘기로 접어드는 중이라 여자에 대한 호기심이 급격히 높아지고 있었고, 누나에 대해서도 연정 비슷한 것을 품고 있었던 것 같아. 옷 갈아입는 것을 훔쳐보고 싶어서 누나 방문을 갑자기 열어본 적도 있었지. 어쩌면 나는 은폐해야 할 욕망이 남들의 객관적인 시선에 낱낱이 드러나는 게 싫었을지도 몰라. 아니면 그런 거 있잖아. 둘이 있을 때는 애인이 사랑스럽고 예쁜데, 친구들 앞에 데리고 가면 갑자기 눈에 콩깍지가 떨어지면서 그 실체가 드러나 실망하게 되는 거. 그래서 김이 새는 거."

너는 고개를 저으며 중얼거렸다.

"무슨 말인지 모르겠어요. 그냥 누나가 창피했던 거잖아요."

"그게 중요한 건 아니고……, 그날 집에 가보니 누나가 없더라고. 짐을 꾸려서 나갔다고 했어. 난 가끔 누나가 내가 한 행동 때문에 나간 것일까? 우리 집에서 나간 뒤 어떻게 됐을까? 생각해보곤 했어. 계속 우리 집에 있었으면 어머니가 늘 하던 말대로 좋은 데 시집가서 잘 살았을지도 모르지. 그런데 나중에 누나를 소개해준 먼 친척이 하는 말이, 고향인 송탄에 내려가서 미군들 상대로 하는 클럽에서 일한다는 소문이 있었다더군."

우리는 열두 살짜리 아이의 행동 때문에 그 누나가 유흥업소에서 일하게 되었다고 말할 수는 없다고 의견을 모았다. 이미 스무 살 무렵에 남의 집 가정부로 일해야 했던 사람이 선택할 수 있는 삶이란 한계가 있으니까. 선택이라는 단어를 쓰기도 부적당할 정도로.

"입 다물고 있으려고 했는데, 너희들이 하도 시답잖은 소리를 하니 한마디 보탠다. 미안하다는 생각은 부질없을 뿐 아니라, 미안하답시고 한 짓이 최악의 결과를 가져올 수도 있어."

우리 가운데서도 평소에 입이 무거운 편인 남자가 이야기를 시작했다.

"난 너희들처럼 연애를 많이 해본 놈도 아니고, 여자를 쉽게 만나는 사람도 아니지만, 내 인생에 기이한 일이 단 한 번 있었어. 대학원 다닐 때였지. 고등학교 동창생들 술자리에서 우연히 배우 지망생을 하나 알게 되었는데 참 예쁘더군. 한눈에 반해서 그날 같이 술 마시다가 모텔에 가서 잠자리까지 하게 됐지. 그런데 다음날 보니 여자가 예쁘긴 예쁜데 너무 자유분방하고 다혈질이고……, 말하자면 드라마 퀸이야. 암튼 난 감당이 안 되겠더라고. 자기 입으로 만나는 남자들 여럿 있다는 둥 횡설수설하기에 그냥 하룻밤의 해프닝으로 끝낼 생각으로 연락을 끊었지. 그리고 한 달쯤 지났나? 학교 연구실로 여자가 전화를 했어. 학교 앞에 있는데 나오라는 거야. 잠깐 망설이다가 나갔지. 둘이 술을 엄청 마셨어. 그러는 와중에도 나는 갈등하고 있었어. 얘를 집에 데려가? 말아? 난 그때 학교 앞에 있는 아파트에서 혼자 살고 있었거든. 물론 부모님이 사주신 거지, 대학원생이 무슨 돈이 있냐. 여자랑 자고 싶기는 했는데 왠지 내 집에는 들이고 싶지 않았어. 학교 앞이라 남의 눈이 두려워 모텔에 가기도 좀 그렇고. 아, 참 그날 되게 추웠어. 초겨울이었는데 한파가 닥치네 마네 방송에서 떠들던 게 기억이 난다. 그런데 갑자기 여자가 자기 작업실로 가서 한잔 더 하자고 하더군. 잘됐다는 생각에 택시 잡아타고 따라갔어. 대학로 근처였는데 가서 보니 허름한 건물 반지하에 있는 극단 연습실이더라고. 여자 말이 자기는 거기서 먹고 자고 한대. 월세를 못 내서 셋방에서 쫓겨났대나."

갑자기 그는 말을 끊고 한숨을 내쉬더니, 한동안 아무 말 없이 앉아 있었다. 그리고 다시 말을 이었다.

"난 너무 추워서 술이 깼고, 여자는 소파에 누워 곯아떨어졌어. 짧은 시간 동안 나는 또 망설였어. 여자를 거기 놔두고 가면 꼭 얼어죽을 것 같은데 깨워서 집에 데려가기는 싫고. 주위를 둘러보니 한쪽 구석에 스티로폼이 깔려 있고 그 위에 요하고 이불, 침낭 같은 것들이 있더군. 겨우 여자를 안고 끌고 가서 거기 눕히고 이불을 덮어주고 나가려는데, 석유난로가 눈에 띄었어. 혼자 두고 가는 게 미안하기도 하고 너무 춥기도 해서 걱정이 되던 참이었는데 잘됐다 싶어서 난로에 불을 피웠어. 혹시 모르니까 창문도 조금 열어놓고 나왔지. 한참 뒤에 소식을 전해들었는데, 작업실에 불이 나서 그 사람이 죽었다고 하더군. 얘기를 들어보니 대충 그 무렵 같기는 한데, 그날 일어난 일인지 확실하지는 않아. 사람이 죽었다는데 날짜가 언제냐고 캐물을 수는 없었으니까…… 아무튼 앞뒤가 안 맞는지는 모르겠으나 내 말의 요지는 미안하다는 말이나 생각 같은 건 아예 안 하는 게 낫다는 거야. 차라리 미안한 짓을 하지 말든가."

내 가슴

여기 있는 사람들은 눈치채고 있었겠지만, 난 몇 년 전, 그러니까 마흔이 되기 직전에 가슴성형수술을 했어. 지금부터 할 이야기는 내가 가슴 수술을 해야겠다고 결심한 무렵부터 수술이 끝난 뒤 엄청난 고통과 함께 실리콘 백이 내 몸속에 완전히 자리잡을 때까지 일어났던 일이야.

아까 남편이 몇 년 전에 거리에서 누군가를 추행했다는 이야기를 하면서 그즈음 하루도 빼놓지 않고 술을 마셨다는 말을 했지. 나는 술 같은 것은 마시지 않았지만, 특별한 이유 없이 불안하고 초조했어. 굳이 이유를 대라면 통속적이고 빤한, 그러니까 흔히 말하는 중년의 위기 같은 거였겠지. 아들을 미국에 보내고 난 뒤에는 남편과 더욱 무덤덤해졌어. 그러면서 내가 늙어가고 있다는 자각이 생기기 시작했어. 모두들 젊었을 때는 하고 싶고, 해야 할, 많은 일들을 뒤로 미루잖아. 주어진 시간이 무한하다는 느낌이 있으니까. 그런데 어느 시점에 이르면 미래는 더이상 빛나지 않고 과거가 찬란해지기 시작하지. 극단적으로 말하면 사람들 대부분은 인생의 절반은 미래를 위해 삶을 유보하고, 나머지 절반은 과거의 삶을 후회하며 사는 것 같아. 물론 지금이나 그때나 내가 늙었다고 푸념을 늘어놓을 나이는 아니라고 생각해. 그저 한 단계에서 다음 단계로 넘어가는 과도기라 더욱 불안정한 거겠지. 드디어 올 것이

오는구나, 하는 심정이랄까.

쓸데없는 감정적 소모를 줄이는 데 효과가 있으리라는 생각에 나는 피트니스센터에 다니면서 요가도 하고 수영도 했어. 그런데 오전 시간에 수영하러 가면 아줌마들이 와글와글해서 싫더라고. 나도 아줌마인데 아줌마가 싫다는 말은 듣기 불편하겠지만, 그래서 더 싫을 수도 있지 않겠어? 어느 날 수영장에서 아줌마들이 비키니를 입고 온 아가씨를 쥐 잡듯 잡는 걸 봤어. 실내 수영장에 왜 비키니를 입고 오느냐는 거였지. 우습지 않아? 물론 비키니 입고 운동하는 건 불편하고 또 강사와 좋든 싫든 맨살 접촉을 해야 하니까 난감하지만, 그건 남들이 상관할 문제는 아니잖아. 아가씨가 아무 말도 못 하고 얼굴이 빨개져 있기에 내가 나서서 비키니 입고 오면 안 되는 규정이 있느냐고 물었지. 그런 말도 안 되는 규정이 있을 리가 있겠어? 난 그냥 여러 사람이 한 사람을 몰아붙이는 게 싫었던 건데, 그뒤로 아줌마들 사이에서 노골적으로 따돌림을 당했어. 견디다 못해 시간을 바꿔서 저녁에 운동하러 다녔지. 거기서 우연히 비키니 아가씨를 다시 만났고, 운동 끝나고 함께 자판기 커피를 뽑아 마시면서 가까워졌어. 교대 졸업하고 초등교사 임용고시 공부하는 중이라고 하더군.

수영을 하니까 당연히 샤워를 같이할 기회가 많았는데, 비키니 아가씨의 알몸을 자꾸 훔쳐보게 되더라고. 그 애가 얼굴은 평범한 편이었지만 몸이 예뻤거든. 희고 섬세한 몸이었지.

비키니를 입고 싶기도 했을 것 같아. 그리고 이건 말하면 안 될 것 같기도 하고, 별로 말하고 싶지 않기도 한데…… 음. 기왕 꺼낸 이야기 끝까지 가보자. 그 애의 왼쪽 가슴에는 붉은 빛의 작은 꽃무늬 문신이 있었어. 수영복을 입었을 때는 잘 보이지 않는, 그러니까 유두와 아주 가까운 곳에 있었는데, 얼핏 보았을 때는 그냥 뭐가 묻은 것처럼 보였어. 좀 이상하게 들리겠지만, 가까이에서 샤워를 하다가 유심히 보게 되었고, 그게 얼룩이 아니라 아주 섬세하게 그려진 꽃 문신임을 알아차렸지. 순간 온몸이 짜릿해지면서 묘한 기분이 되었어. 젊고 아름다운 여자의 알몸을 보았을 때 남자들이 느끼는 욕망을 이해할 수 있었지. 정신이 혼미해질 정도로 격렬하게 수위가 높아지는 충동 말이야.

마치 그 애와 연애를 하는 기분이었지. 수영장에 가면 먼저 그 애가 왔나 확인해보고, 오지 않았으면 왠지 허전해지고 그랬어. 딴 얘기지만, 연애라는 건 확실히 서로의 몸에 대한 찬미나 애착 없이는 힘든 것 같아. 젊고 아름다운 몸이 배제된 연애는 서글프고 때로는 추하지. 아무튼 그 애에게 자극을 받아 나는 더 늙기 전에 가슴성형수술을 하기로 결심했어. 물론 간단한 피부 시술 같은 것은 이미 정기적으로 받고 있었고 가슴성형도 예전부터 염두에 두고 있던 거였어. 설마 외모가 뭐가 중요하냐고 말하려는 건 아니겠지? 이제 외모는 계급이자 능력이야. 노화는 장애와 같은 것이고. 젊음을 유지하고 보수하는 일은 이성의 관심을 끌고자 하는 차원을 넘어서서 자기 능력과 권력을 유지하고 보수하는 일인 거야.

처음 병원에 가서 의사와 상담을 했던 날이었어. 나는 윗옷을 죄다 벗고 가운으로 갈아입은 다음 간호사의 손에 이끌려 어느 방으로 들어갔어. 방의 한쪽 벽에는 커다란 거울이 걸려 있었는데, 간호사가 나에게 거울을 마주 보고 서라고 하더군. 커튼 뒤에서 의사가 나오더니 가운을 벗어보래. 의사가 전문가다운 시선으로 내 가슴을 꼼꼼히 살펴봤어. 각오는 했지만, 긴장이 돼서 몸이 굳더군. 마침내 의사가 돌아서더니 거울을 보면서 이런저런 설명을 하더군. 거울 속에는 윗옷을 모두 벗은 나 그리고 의사와 간호사의 시선이 있었어. 그때 나는 순수하고도 강렬한 단 한 가지 감정을 느꼈어. 혐오였지. 타인의 욕망을 욕망하도록 하는 힘, 나를 세상이 지향하는 존재로 살게 만드는 힘은 어쩌면, 자기혐오에서 나오는 것일지도 몰라.

나와 허물없는 사이가 되자, 그 애는 결혼할 사람을 나에게 소개하고 싶다고 했어. 그래서 셋이 여러 번 만났는데, 남자가 그 애와 나이 차이가 좀 많이 나는 노총각인 것 말고는 꽤 괜찮았어. 잘생겼고, 유학 갔다 와서 자기 사업을 하고 있다니 집안도 넉넉한 것 같았고. 사실은 그래서 좀 석연찮은 구석이 있었어. 그 애는 겉으로 보기에는 외모도 집안도 너무 평범했거든. 여자 직업으로 초등학교 교사면 괜찮은 것이지만, 아직 임용고시에 붙은 것도 아니었고. 어느 날 셋이서 만나 맥주를 마시고 있다가 남자가 화장실에 간 사이에 그 애가 고백했어. 남자가 유부남이라고. 하지만 부인과 몇 년째 별거 중이고 사실상 부부관계는 아니라고. 지금 이혼하려고 하는데 부인이 동의를 안 해줘서 힘들다고. 나는 갑자기 불쾌해졌어. 사실상 부부관계가 아니라는 말을 왜 나에게 하는 거지? 왜 자기네들의 불륜 행각에 나를 끼워넣은 거지? 기혼자들은 잘 알겠지만, 빤한 이야기 아니야? 그 애는 애인이 진심으로 자기를 사랑한다고 하더군. 진심이라는 단어를 듣는 순간 역겨움이 치밀어올랐어. 진심이라니, 뭐야, 코에 걸면 코걸이 귀에 걸면 귀걸이가되는 말이잖아.

그 애의 고백을 들은 뒤 며칠 동안 나는 수영장에 가지 않았어. 우울하기도 하고 심사가 편치 않았어. 나는 그 애를 좋아했지만, 젊은 여자에게 남편을 빼앗길 위험에 처한 아줌마의 처지를 벗어날 수 없었던 거지. 나 또한 비키니 입고 오는 젊은 아가씨에게 증오를 느끼는 다른 아줌마들과 다르지 않았던 거야. 수영장에 며칠 안 갔는데도 그 애에게서 아무런 연락이 없자, 한편으로는 괘씸하다는 생각도 들었어. 내가 얼마나 잘해줬는데 이럴 수가 있나, 하는 배신감이었지. 마침내 가슴 수술하는 날이 되었어. 입원 수속하기 전에 마음을 다잡으려 병원 로비에 잠깐 앉아 있었어. 그때 만삭인 임산부가 남편과 팔짱을 끼고 내 앞을 지나가더군. 마침 그 애 생각을 하고 있었는데, 갑자기 말도 안 되는 생각이 떠올랐어. 그래, 따지고 보면

개가 먼저 나를 갖고 놀았잖아? 곧 들통날 거짓말이지만 이런 일을 계기로 현실이 어떤지 깨닫게 된다면 그 애에게도 나쁠 건 없지……. 나는 핸드폰으로 그 애에게 장문의 문자메시지를 보냈어. 병원에 갔다가 네 애인을 우연히 봤다. 부인과 함께 왔는데 배가 만삭이라 거의 산달이 가까운 것 같더라. 너에게 이 사실을 알려야 할지 말아야 할지 망설였지만, 그래도 알리는 게 내 도리인 것 같다. 확인해봐라. 그런 내용이었어. 그 애에게서는 아무 대답도 없더라고.

수술받고, 붕대를 풀고, 피 주머니를 떼고, 또 그런 와중에 엄청나게 고통스러운 마사지를 받으러 다니느라 정신이 없었어. 이따금 그 애 생각이 났지만 아무 연락도 없는 걸 보니 내 거짓말이 들통났나보다, 하고 잊었어. 게다가 수술을 받고 한 달쯤 지나서 부작용까지 생겨서 마음의 여유가 없었어. 구형구축이라고 알아? 가슴성형을 받으면 가장 흔하게 생기는 부작용인데, 가슴이 콘크리트처럼 딱딱해지는 증상이야. 그때 남편이 내 가슴을 만져보더니, "나니까 망정이지 마음 약한 사람이면 토할 수도 있겠다"고 하더군. 기억 안 난다고? 당신이 그랬어.

그 무렵 그 애에게 전화가 한 통 걸려왔어. 놀랍게도 그때까지도 그 애는 내가 거짓말을 했다는 사실을 모르고 있었어. 정말로 그 남자의 부인이 아기를 낳아서 이혼할 수 없게 되었다면서 울먹이더라고. 남자가 거짓말을 한 것보다 이혼 문제가 더 크다는 게 나로서는 이해가 안 갔지만, 내가 거짓말했다고 고백할 필요가 없어서 다행이었어. 난 그 애가 울고불고 소란을 피우는 바람에 혹시 나에게 만나자는 말이라도 할까봐 무서워서 황급히 전화를 끊었어.

한 달 뒤 나는 재수술을 받았어. 가슴에 붕대를 감은 채 한동안 집에 갇혀 지냈지. 우연히 텔레비전을 보다가 용인 근처의 어느 저수지에서 20대 여자의 시체가 발견되었다는 짧은 뉴스를 봤어. 그 저수지는 그 애가 애인과 낚시하러 자주 가던 곳이었어. 나와 함께 근처 카페에서 차를 마신 적도 있었지. 뉴스에서는 죽은 여자가 초등학교 교사라고 했어. 그 몇 달 새 임용고시에 붙어서 교사가 되었을 가능성은 매우 적으니, 그 애는 아닐 거라고 생각했어. 가슴에 그려져 있는 꽃 문신에 관한 이야기도 없었지. 그건 매우 중요한 사실 아니야? 아니라고? 만에 하나 뉴스에서 잘못된 사실을 말했거나 그 애가 그새 교사가 되었고, 그래서 죽은 사람이 그 애라고 한들, 내가 어쩌겠어?

붕대를 감고 있는 내 가슴은 돌처럼 차갑고 단단했어.

번제(燔祭)

우리는 일제히 너를 바라보았다. 마치 이제까지 네 이야기를 듣기 위해 여기 앉아 있었다는 듯. 누군가 모닥불 속으로 장작 몇 개를 더 집어넣었다.

"죄다 제 나이 또래 여자에 대한 이야기네요. 어떤 건 꼭 제 이야기 같기도 하구. 그런데 한 가지 궁금한 것은……, 왜 저에 대해 물어보지 않으시죠? 이름이 뭐고 하는 일이 뭐냐, 어떻게 여기까지 오게 됐냐, 같이 온 사람과는 무슨 관계냐…… 그런 걸 물어보셔야 하는 것 아닌가요?"

"네가 온다는 건 모두 알고 있었어."

너를 데리고 온 남자가 말했다. 너는 미심쩍은 눈초리로 우리를 둘러보았다.

"우리가 아가씨를 데려오라고 했어요. 아까 보자마자 마침 딱 알맞은 사람을 데려왔다고 생각했어요. 그렇지만 이름이 뭐고, 무슨 일을 하는 사람이고…… 그런 건 우리에게 중요하지 않아요. 오히려 아가씨에 대해 알지 못하는 게 더 좋죠. 죄책감이니 뭐니 하는 구질구질한 부작용을 남기지 않으니까."

부인이 단호하게 말하자, 집주인이 입을 열었다.

"얼마 전부터 이렇게 모여서 자기 이야기를 털어놓는 자리를 만들곤 했어요. 하지만 몇 번 해보니 부질없는 짓이었어요. 우리가 저지른 짓을 모두 기억할 수 없을뿐더러 그게 다른 사람들에게 어떤 영향을 미쳤는지 모르는 경우가 더 많으니까요. 게다가 살아 있는 한, 선이든 악이든 상관없이, 우리는 계속 무슨 짓인가를 저지르겠지요. 살아간다는 게 그런 거니까요. 솔직히 우리가 굳이 선을 지향해야 할 이유도 없어요. 죽은 뒤에 천국을 약속받는 것 말고 선하게 살아야 할 다른 이유가 있을까요? 죽은 뒤의 일이 무슨 소용이겠어요. 죽은 다음에 우리는 우리가 아닐지도 모르는데."

너는 집주인의 말을 듣는 둥 마는 둥 멍한 표정으로 앉아 있다가, 너를 데려온 남자에게 조금 격앙된 목소리로 물었다.

"그냥 하룻밤 모임에만 같이 갔다 오면 된다고 했잖아요? 그리고 약속은……."

"걱정 마. 약속은 지킬 거야."

너를 데려온 남자의 말을 집주인이 되받았다.

"네. 약속은 지킵니다. 아니, 약속했던 것보다 더 많이 드릴 게요. 물질적 보상은 충분히 해드릴 거예요. 당신이 얼마나 이해했는지는 모르겠지만, 다시 아까 이야기로 돌아가자면, 우리는 죽은 다음의 일에는 관심이 없거든요. 솔직히 말해서 우리가 가장 바라는 것은 현재의 행복 또는 안락함이에요. 이 사실을 부정할 수 있는 사람은 아마도 이 세상에 없을 겁니다. 당신도 동의하리라 믿습니다. 그러니까 저 소설가 양반을 따라 낯선 사람들의 모임까지 온 거겠지요. 아무튼 어느 순간 우리는 깨달았어요. 우리가 정말로 원했던 것은 선한 삶이 아니라 그저 삶을 불필요하게 짓누르는 무거움을 털어버리고 싶었을 뿐이라는 것을. 그래서 더욱 안락한 현재를 누리고자 했던 거지요. 결론적으로 모든 종류의 고백이나 회개 같은 것들, 그리고 더 나아가 죽은 사람의 넋을 위로하는 굿이나 하늘에 올리는 제사, 예배 같은 것들은 근본적으로 산 사람의 안락을 위한 기능을 했으리라는 거지요. 그래서 우리는 당신이 필요했어요."

"제가 필요하다니, 무슨 말이에요?"

네 목소리가 떨렸다. 우리는 자리에서 일어나 네 주위로 모여들어 너를 둘러쌌다.

"우리는 넋두리나 하는 게 아니라 뭔가 물질적인 거듭남을 상징하는 새로운 의식을 행하고 싶었던 거예요. 극적인 긴장감 같은 재미도 필요했고요. 물론 우리가 얼마를 제시하면, 모든 의혹을 떨쳐버리고 이런 자리까지 따라올 것이며, 경찰서로 달려가지 않을 것인지에 대해 미리 토론도 했어요. 내기를 걸었다는 것까지도 말씀드립니다. 어쨌든 우리는 당신을 아프게 하거나 해를 끼치지는 않아요. 그냥 상징적인 정화 의식을 행할 것입니다. 돈에 팔려온 당신의 영혼도 다 함께 가벼워지리라 믿어요. 만약 영혼이라는 게 있다면요."

이제 너는 눈에 보일 정도로 심하게 몸을 떨고 있었다. 그러나 이상하게도 벙어리가 된 양 아무 말도 하지 않았고, 비명을 지르거나 저항하지도 않았다. 우리는 집주인이 너에게 갖다준 얇은 담요를 바닥에 깔았다. 그리고 네 손을 잡아 의자에서 일으켜 담요 위로 데려가 앉혔다. 그러는 동안 집주인은 오두막으로 들어가 준비해둔 양초와 보자기, 가위 등을 가져왔다.

보름달이 환한 밤이었다. 달빛은 창백하게 빛났고, 불꽃은 붉게 타올랐다. 우리는 촛불을 켜서 네 주위에 둥글게 원을 만들어 세워놓았다. 그리고 차례로 원 안으로 들어가 윤기 흐르는 너의 탐스러운 머리카락을 가위로 잘랐다. 잘 벼린 가윗날이 달빛에 번득이며 사각거렸다. 한 움큼씩 잘린 네 머리카락이 불속에 던져졌다. 머리카락은 나지막한 한숨 같은 소리를 내면서 오그라들어 순식간에 재로 변했다. 오징어를 구울 때 나는 고소한 듯 쿠퀴한 냄새가 공기 속을 떠돌았다. 동네 개들이 짖기 시작했고, 드러난 너의 흰 목덜미에는 차가운 땀이 맺혔다. 너는 신들린 사람처럼 몸을 떨었다.

가위로는 더이상 네 머리카락을 자를 수 없는 지경에 이르렀을 때 우리는 대속의 의식을 마쳤다. 머리카락이 듬성듬성 남은 너는 영혼이 반쯤 빠져나간 사람처럼 보였다. 우리는 너를 불꽃이 잦아드는 모닥불 옆 달빛 속에 남겨두고 오두막 안으로 들어가 깊고 편안한 잠에 빠져들었다.

다음날 아침, 어디에도 네 모습은 보이지 않았다. 숯이 되어버린 모닥불의 잔재 옆에 끈이 끊어진 샌들 한 짝이 놓여 있었다.

발과 이별

이성민(철학자)

숲에서 숲으로 이어지는 계단을 오르며, 이경은 자주 궁금
했다. 그냥 걷기도 힘든 이 길에 누가 이렇게 반듯하게 돌
을 놓았을까. _「구름해석전문가」에서

1

부희령의 새 소설집은 여섯 작품을 담고 있다.* 그 가운데
쓰인 순서로 처음 둘은 「가슴」과 「만주」이다. 「가슴」은 작가가
붙잡고 있는 문제가 무엇인지를 알려준다─돌처럼 차갑고 단

---

* 이 글에서 나는 「만주」와 「귀가」는 빼고 나머지 작품을 다음과 같이 줄여서 지
칭하였다. 「콘도르는 날아가고」→「콘도르」, 「구름해석전문가」→「구름」, 「완전
한 집」→「집」, 「내 가슴은 돌처럼 차갑고 단단하다」→「가슴」. 작품을 인용할
때는 괄호 안에 쪽수를 표시하였다.

단한 가슴. 작가는 내내 이 문제를 붙잡고 있는 것처럼 보인다. 「만주」는 마르크스의 제사로 시작하면서 문제의 배경을 알려 준다―"견고한 모든 것들은 대기 속으로 사라진다". 이것이 배경이라면 문제는 정말로 심각해 보인다. 차갑고 단단한 가 슴은 그래도 아직 가슴이다. 식은 사랑도 언젠가 다시 뜨거워 질 수 있다. 그런데―이럴 수가 있나!―지금 사랑 그 자체 가 소멸할 위기에 있다. 견고한 모든 것들을 대기 속으로 사 라지게 만드는 거대한 힘과 가슴이 돌처럼 단단해져 있다는 사정에 의해. 여섯 작품을 저 둘부터 이렇게 읽기 시작할 때 희 령의 새 소설집은 사랑을 절체절명의 위기에서 지켜내는 하나 의 장편 모험담으로 읽을 수 있다. 적어도 나는 그렇게 읽을 수 있었다.

이렇게 읽을 때 가장 놀라운 것은 이 사랑의 문제에서 작가 가 내놓는 답이다. 그것은 바로 '이별'이다. 마치 모든 것을 휩 쓸고 갈 듯한 세찬 물결 속에서 배를 살릴 수 있는 유일한 길 은 배를 매어놓은 밧줄을 끊어내는 것이라는 듯. 가슴이 차갑 고 단단하다면 우선 몸을 움직여야 한다는 듯. 견고한 모든 것 들이 대기 속으로 사라지는 시대에 이별이야말로 사랑을 위한 기회라는 듯.

「만주」는 맨 끝에 한 여자를 남겨놓고서 끝난다. "운명을 이 해하려 애쓰지 않을 만큼 오만[한]"(129) 경옥을. 이 작품은 그 러한 경옥을 툭 떨어뜨리고 끝나려고 시작된 것만 같다. 언젠가 돌처럼 차갑고 단단한 가슴의 문제를 해결할 사람은 운명을 사랑하지 않아야 한다는 듯. 운명에 집착하는 사람이 하지 못하는 하나가 바로 이별이라는 듯.

본격적인 이별의 모험은 「집」과 「구름」에서 시작된다. 이 둘은 각각의 주인공 금희와 이경이 이별에 성공하는 이야기이다. 그리고 모든 성공에는, 아무리 이별의 성공이라고는 하여도, 기쁨이 있기 마련이다. 성공을 확인한 금희는 "누군가를 향해 엎드려 절이라도 하고 싶은 심정이 되었다". (89)이것은 거의 운명을 끊어낸 기쁨이다. "오래 사귄 애인이랑 헤어지려고 여행을 떠난 거래요. 헤어졌다가 다시 만났다가 자꾸 그래서요. 지겨운 윤회의 사슬을 끊으려고 히말라야로 왔대요."(57) 여기 발로 하는 이별의 기술이 곧바로 겨냥하는 목표가 있다. 지겨운 윤회의 사슬 끊기.

이별의 성공에는 모든 성공에 있는 기쁨도 있지만 이별의 성공에만 있는 독특한 느낌도 있다. 희령은 일상의 말이 되어 있는 불교의 말로 그 느낌을 효과적으로 전한다. "엊그제 윤의 일행과 묵티나트로 올라가던 여정이 전생의 일처럼 느껴졌다."(87) "돌아오는 길에 이경은 걸음을 멈추었다. 선우의 일들이 떠올랐다. 전생처럼 아득했다."(58) 이별을 하기는 하였는데 정말 성공하였는지 모르겠다면 직접 적용해볼 수 있을 것이다─전생처럼 아득한가? 어떤 것이 또는 어떤 사람이 전생처럼 느껴진다는 말은 이별의 기술이 성공하였다는 말이다.

「집」과 「구름」은 작가 자신의 히말라야 트레킹 경험에서 태어난 글이다. 오르는 것이 주가 되는 그 운동 경험의 막바지에서 그 경험을 책임진 두 다리의 주인 금희와 이경은 과거를 마치 전생처럼 느낀다.

「가슴」은 가장 정적인 작품이다. "거듭남"(181)을 위한 이별의 번제 의식에 이용할 젊은 여자를 초대한 네 명의 중년은 이동하지 않으면서 "돌처럼 차갑고 단단〔한〕"(178) 가슴의 문제를 해결하려고 한다. 이 작품은 이 의식을 통해 이 넷을 잠재우면서, 즉 가장 활발하게 움직이는 그들의 욕망하는 눈마저 감기어 더욱더 정적인 상태로 만들면서, 발이 자유로운 한 명의 여자를 탄생시킨다―또는, 톡 떨어뜨린다. 처음에 이 여자는 샌들을 한 짝만 신고 등장하지만 끝에 가서는 나머지 한 짝도 벗어놓고 사라진다. 운동화를 신고 히말라야에 나타나는 금희와 이경은 그녀이거나 그녀의 후예일까?

족보야 어떻든 나는 이 여자들을 모두 발-부족 사람들이라고 부를 것이다. 발의 모험을 떠나기보다는 "알록달록한 페디큐어가 칠해져 있는 〔너의〕 발가락들을 핥듯이 차례로 탐색"(161)하는 중년의 저 넷은 "눈의 의지"(134)를 따르는 눈-부족 사람들이다. 이 글은 말하자면 발-부족 사람의 탄생기이다. 젊은 여자인 "너"는 눈-부족 사람들이 자신이나 자신 같은 젊은 여자를 대하는 방법이 너무나도 터무니없어 발-부족으로 다시 태어난다.* 「만주」가 톡 떨어뜨린 경옥이 알려주듯, 이 부족 사람들의 특징은 운명에 집착하지 않는 것이다. 어떻게 보면「가슴」과「만주」는 끝에 가서 이별의 모험가를 탄생시키기 위한 수법 같기도 하다. 발이 자유롭고 운명을 사랑하지 않는 모험가를.

2

본격적인 이별의 모험이 시작되는「집」과「구름」의 두 발-부족 주인공들은 발 운동의 문제에서 이미 유능하다.「집」에서 금희는 안나푸르나 트레킹을 하는 윤의 일행과 산행에 합류한다. 그런데 정작 산을 오를 때 가장 여유로운 사람은 트레킹을 이끄는 윤이 아니라 금희이다. "등산화를 다시 신는 금희 옆으로 윤이 묵묵히 지나쳐갔다. 말 한마디가 나오지 않을 정도로 힘든 것 같았다."(80) 다들 너무 지쳐 있을 때 그녀는 더 좋은 숙소를 찾아 혼자 10분을 더 올라갔다 내려와 다시 올라갈 정도로 여유가 있다.「구름」에서는 확인 작업이 좀더 까다롭다. 산이 아니라 호수가 그 장소이니까. 보트가 뒤집혔을 때 이경은 "마음 깊은 곳에서 자신이 죽지 않으리라는 확신이 더 단단

* 20대 젊은 여성이 아니라 열두 살 소녀로 돌아가는「콘도르」에는 움직임이 활발한 원래의 발-부족 소녀가 있다. 소녀의 짝인 소년은 남자 어른들의 압제하에 있어 움직임이 덜 활발하다. 그 남자 어른 중 한 명은 어느 날 소녀를 자동차에 태워 소녀의 발을 잠재우고는 가슴을 만진다. 이 작품은 압제자의 역사적 죽음으로 끝을 맺는다.

했다. 짧은 순간에 이경은 깨달았다. 보트 밖으로 빠져나가려면 물속으로 더 깊이 들어가야 한다는 것을".(49) 발-부족 사람들은 한계를 능숙하게 넘어갈 수 있다. 더 높이, 더 깊이, 한 발짝 더.

정말 흥미로운 것은 아직 능동적인 이별의 모험이 시작되질 않고 오히려 왜 이별이 불가능한지가 묘사되거나 탐구되고 있는「귀가」에서 주인공 여자는 평지를 걷는데도 등산을 하고 있는 것처럼 보인다는 것이다. "나는 누군가의 뒤를 따라 걷고 있지만 쫓기고 있다. 앞서서 걷고 있는 누군가가 나를 쫓고 있다."(152) 나는 이러한 것을 산을 오를 때 경험하였다. 앞서가는 사람이 조금 빠르게 올라갈 때, 나는 분명 쫓기는 느낌이 들었으니까. 나는 이러한 것을 또한 어릴 때 친구들과 같이 걷거나 뛰면서 경험하였다. "같이 가!"나 "천천히 가!"를 외치면서. 알다시피 아이들은 천성적으로 발-부족이다. 그런데「귀가」의 주인공은 등산이라는 맥락이 아니라 정체성의 확인이라는 맥락에서 이렇게 걷는다. "그토록 불빛을 찾아 헤매는 건 내가 누군지 알고 싶기 때문이다. 유리창에라도 얼굴을 비춰보고 싶다. 얼굴을 보면 내가 누군지 알 수 있을 테다."(152) 나는 이것을 산이 아니라 도시를 사는 발-부족 사람들의—거의 눈-부족이 되어 있는 그들의—착오라고 생각한다. 내가 누군지를 알려면 얼굴이 아니라 발을 보면 된다.*

마음을 다스릴 필요가 있을 때 우리는 명상을 하면 좋다는 조언을 듣는다. 부희령은 한때 인도에 체류하면서 명상과 불교를 공부하였다. 그런데 「집」이나 「구름」에서 그녀의 주인공들은 명상을 발로 하는 것처럼 보인다. "두 시간이 넘어가면서 이경의 머릿속은 백지상태가 되었다."(54) 얼마 전 나는 인터넷에서 등산에 대한 글을 읽었다. 글쓴이는 명상보다는 등산을 권하면서 이렇게 말한다. "나의 눈은 아래를 향한다. 나의 머리는 텅 비어 있다. 그렇지만 그다음 단계. (…) 나는 나의 머리를 빠져나와 완전히 나의 몸속으로 이송된다."** 그녀는 이러한 전환을 "작은 기적"이라고 부른다. 몸이 아니라 머리를 사용하여 이러한 일을 해낸다면 그것은 큰 기적일 것이다. "인간은 몸을 움직이지 않고도 순전히 정신적인 개념을 사용해 신체 예산을 조절할 수 있다는 점에서 유일무이하다. 그러나 이런 기술이 말을 듣지 않을 때는 당신도 동물이라는 사실을 기억하라. 마음에서 내키지 않더라도 일어나 이리저리 움직여라."*** 이제 나는 정신적인 개념을 사용하지 않고 몸을 움직여

---

* 나는 거동이 불편해진 늙은 어머니를 생각할 때 바로 그 불편한 발을 안 생각할 수가 없다. 걷는 것을 보면 어머니를 알 수 있다. 어쩌면 아침엔 네 발, 오후에는 두 발, 저녁에는 세 발로 걷는 것이 무엇인지를 묻는 스핑크스의 수수께끼를 이해할 수 있는 인간은 발-부족 인간일 것이다.

** Carrie Cour, "8 Ways Climbing Is A Metaphor for Life and Business". ⟨https://www.linkedin.com/pulse/8-ways-climbing-metaphor-life-business-why-i-climb-mountains-gour⟩

*** 리사 펠드먼 배럿, 『감정은 어떻게 만들어지는가?』, 최호영 옮김, 생각연구소, 2017, 347쪽.

신체 예산을 조절하는 저 작은 기적의 주체를 '동물'이라고 하기보다는 '발-부족'이라고 하고 싶다.

우리는 이별을 마음의 고통으로 범주화하는 습관이 있다. 이때 우리는 이미 고통 그 자체를 부정적인 것으로 범주화하였다. 나는 예전에 군대에서 얼차려로 팔굽혀펴기를 할 때 고통을 긍정적으로 범주화할 수가 없었다. 그렇지만 피트니스 센터에서 같은 것을 할 때는 고통을 달리 범주화할 수 있었고, 신체 능력이 훨씬 빨리 향상되었다. 그렇지만 군대라도 미국 해병들은 이렇게 말한다. "고통은 허약함이 몸을 떠나는 것이다."*

나는 발-부족이 발을 움직이면서 머리를 빠져나와 완전히 몸속으로 들어가는 데 유능한 사람들이라고 생각한다. 또는 발을 움직이면서 명상을 하는. 그렇게 하여 고통의 감각은 아무런 정신적 범주도 없는 순수한 몸의 감각으로 환원되고, 그런 다음 가령 '기진맥진'이 아니라 '허약함이 몸을 떠남'으로 재범주화될 기회를 얻는다. 그런 면에서 볼 때, 「집」에서 윤과 그의 동료들은 발-부족이 아니다. "다들 너무 지쳤어요. 원래 포터들이 자기 단골집으로 손님들을 데려가요. 웃돈을 좀 받아야 그 사람들도 먹고살아요."(81) 우선 그들은 고통의 상태를 '너무 지침'으로 범주화한다. 다시 말해서, 기진맥진으로.

---

* 같은 책, 352쪽.

게다가 좀더 좋은 숙소를 찾으려는 금희의 제안을, 바로 그 너무 지친 발을 위한 제안을 부조리한 관행의 이유를 들어 거부한다. 산행을 하면서도 그들의 머리는 백지상태가 되질 않는다. 이제 우리는 이별을 마음의 고통으로 여기더라도 고통 그 자체를 새롭게 범주화하여 이별을 새롭게 바라볼 수 있다. 가령 우리는 마음의 고통인 이별을 '허약함이 마음을 떠남'으로 범주화할 수 있다.

그렇지만 희령은 이별을 좀 다르게 범주화한다. 허약함이 아니라 불필요한 짐이 마음을 떠나는 것으로. 「구름」에서 이경은 한국에서 노트북을 들고서 포카라로 온다. 그것은 선우가 이별 선물로 준 것이다. 아침에 등산 배낭을 꾸리면서 이경은 아무 쓸모도 없는 그 노트북을 "그럼에도 두고 가고 싶지 않은 마음이 있었다".(53) 그렇지만 등산을 통해 한계 경험을 하면서 이경의 생각은 완전히 뒤바뀐다. "마지막 순간에 노트북을 두고 오기로 한 판단은 현명했다. 침낭과 두꺼운 겉옷 그리고 세면도구만 들어 있을 뿐인데도 배낭은 쇳덩이처럼 느껴졌다. 노트북이 들어 있었다면 망설이지 않고 버렸을 것이다."(55) 여기서 등산의 한계 경험은 노트북을 마음에서 완전히 제거한다. 그와 더불어 선우에 대한 미련도. 작은 기적이 발생하였다.

배낭이 쇳덩이처럼 느껴지게 하는 것은 오르기일 수도 있지만 빠르기일 수도 있을 것이다. 수직을 천천히 오르는 일은 수평을 빨리 달리는 일 같기도 하다. 빨리 달림으로써 긴 시간의 경험을 짧은 시간의 경험으로 만들 수 있다. 그때 무언가가 툭하고 떨어져나간다. "잎사귀들이 모두 떠났고 삭정이가 되더니 강풍 불어 후드득 꺾여"* 옹이로 남게 될 가지처럼. 우리는 종종 시간이 해결해준다는 말을 듣는다. 그것은 대개 아주 긴 시간을 말한다. 희령은 그 시간을 단축하는 법을 달리기가 아니라 오르기에서 발견한 것 같다. "히말라야의 산자락을 오르는 동안에는 봄 여름 가을 겨울을 다 체험한다는 말을 들은 적이 있었다. 그 말의 원래 의미와는 다르겠지만, 지나온 2박 3일의 시간이 1년처럼 느껴졌다."(88)

이경이 노트북에 대한 미련을 완전히 버리고 올라가는 목적지는 은퇴한 쿠마리들이 모여 사는 곳이다. 그곳으로 이경을 안내하는 산행의 동반자 상운은 "누나, 거긴 정말 특별해요. 나중에 나에게 거기 데려가줘서 고맙다고 할걸요".(53)라고 가기 전에 말한다. 무엇이 그토록 특별한 것일까? "여신의 자리에서"(53) 살던 사람들이 있기에 특별한 것일까? 발-부족 이경은 그것 때문에 특별한 것이 아니라는 것을 안다. "영광이랄 것도 없었다. 어린 나이에 부모와 떨어져 사원에 살아야 하고, 땅에 발을 대고 걷지도 못하게 한다는 이야기는 끔찍했다."(54) 쿠마리들에게 은퇴의 이별은 새로운 삶의 시작이다.

---

* 유선경, 『감정 어휘』, 앤의서재, 2022, 25쪽.

그곳은 느지막이 자유로운 발로 새로 삶을 시작하는 사람들이 있기에 특별하다. 어쩌면 첫덩이처럼 무거운 배낭을 더 무겁게 만들었을—즉 땅에 발을 대고 걷지도 못하게 하였을—노트북과 이별한 이경은 은퇴한 쿠마리가 되어 그곳에 도착하였을 것이다. 이별은 새로운 삶을 얻는 방법이다.

3.

"견고한 모든 것들은 대기 속으로 사라진다." 아렌트는 그것을 "사막의 확산"이라고 하였다. 이 현대적 환경에서 그녀에게 가장 신경이 쓰인 것 중 하나는 오아시스였다. "모래폭풍은 사막 안의 저 오아시스들, 우리 가운데 그 누구도 그것 없이는 인내할 수 없을 저 오아시스들을 위협한다."[*] 아렌트는 오아시스로 네 가지를 꼽는다. 철학, 예술, 사랑, 우정. 이것들의 온전함 없이는 "우리는 어떻게 숨 쉴지 알지 못할" 것이기 때문에, 그녀는 아직 오아시스는 온전하다고 말한다. 그렇지 않다고 말할 수가 없다.

그렇지만 희령은 온전하지 않은 오아시스에서 시작을 한다. 그것을 희령은 '집'이라고 불렀다. "세상에서 가장 하고 싶지도 듣고 싶지도 않은 말은 '돌아갈 집이 없다'는 말인가보다."[**] 그

---

[*] Hannah Arendt, *The Promise of Politics*, New York: Schocken Books, 2005, p. 201.
[**] 부희령, 『무정에세이』, 사월의책, 2019, 222쪽.

런데 「귀가」에서 주인공이 이따금 꿈에서 돌아가는 옛집, 그
것은 훼손되어 있고, 생기가 사라졌다. 그녀는 이렇게 외친다.
"이럴 수가 있나."(155) 「집」에서 승문은 멀리서 보았을 때 완
전한 집이라고 생각하였던 것이 가까이서 보니 돌로 쌓은 벽
이라는 것을 확인하였을 때 이렇게 외친다. "어떻게 이럴 수가
있지?"(80) 이 작품의 제목 '완전한 집'은 오히려 '온전한 집'으
로도 읽힌다. 우리의 가슴이 돌처럼 차갑고 단단한 것은 집이
온전하지 않기 때문일 것이다.

그렇다면 희령에게 사랑을 구출할 방법은 집을 되찾는 것
일까? 나는 지금까지도 대부분 작가가 쓴 것을 가지고 작가의
마음을 추측하였지만 지금은 가장 빈약하게 추측하여야 한다.
나의 추측은 그녀가 옛사람과 이별하면서 옛집과도 이별하였
다는 것이다. 그녀는 "버릴 곳이 마땅치 않아 아무 데나 두고
온 나의 아이들, 내 아들과 내 딸. 내 어머니의 아들과 내 아버
지의 딸. 내가 다시 찾아가 땅에 묻어버려야 할 나. 머릿속에서
영영 지워버리기 위해 땅에 묻어버려야 할 너. 내 아버지의 딸
과 내 어머니의 아들"(154-155)과 이별하였다.

이제 집이란 발-부족의 방식으로 새롭게 이해되어야 한다.
가령 은퇴한 쿠마리들, 새로운 삶을 찾은 사람들이 모여 사는
곳으로. 「구름」의 마지막 문장이 다시금 추측하게 만들듯, 그
곳은 발의 새로운 모험이 시작되는 곳이다. "이경은 젖은 풀잎
을 헤치고 앞으로 걸어갔다."(59)

지금까지 나는 발-부족의 능동적인 이별에 대해 말하였다. 발에게 자유를 주는 이별, 그것이 작가가 들려주는 길고 긴 이야기라고. 그렇게 하면서 나는 이 부족 사람들의 만남에 대해서는 말하지 않았다. 그렇지만 만남이 없이 어떻게 사랑이 태어날 수 있겠는가? 그런데 발-부족의 만남은 가령 미팅이나 소개팅처럼 정적으로 이루어지지 않을 것이다. 그것은 눈-부족이 만들어낸 방법이다. 나는 텔레비전 프로그램 〈나는 솔로〉의 만남 방법이 약간은 발-부족적이라는 생각을 하는데, 왜냐하면 처음에 출연자들은 걸으면서 만나기 때문이다. 좀 빈약한 걷기이기는 하지만.

「콘도르」는 사랑과 용기의 이야기다. "나는 절대로 사랑에 빠지지 않을 것이고 어두운 길을 혼자 걷는 어리석은 짓을 저지르지 않겠다"(12)라는 열두 살 소녀의 다짐으로 시작되는 이야기. 그랬던 그녀가 "어둠 속을 걷는 것도 무섭지 않았다. 사랑에 빠지지 않을 거라는 맹세처럼 어둠 속에서 혼자 걷지 않을 거라던 맹세도 깨졌다".(29-30)라고 하면서 끝이 나는 이야기. 따라서 이것은 한 소녀가 사랑과 용기를 찾는 이야기이다. 그런데 그 사랑은 가령 총각 선생님에 대한 여학생의 짝사랑이 아니며 소년에 대한 소녀의 또래 사랑이다.* 이 사랑은 미

---

* '또래 사랑'이란 수평적이고 측면적인 사랑을 말한다. 꼭 나이가 같을 필요는 없다. 어린 시절 또래 놀이집단이 동년배 집단이 아니듯. 한국의 경우 나이로 위아래를 따져 사용하는 수직적인 언어체계 때문에 또래 관계가 축소되어 있지만

팅이나 수업 같은 정적인 상황이 아니라 아주 위급하고 역동적인 순간, 그러니까 그 소녀가 학교를 땡땡이치고 엄마 몰래 집으로 들어가려다 그만 "담장 위로 올라가 쇠창살에 매달려 있다가" 산길로 올라오는 "그 애와 눈이 마주친 순간"(12-13) 시작되었다.*

「콘도르」처럼 다시 우리 안의 과거로 돌아가지 않더라도, 지금은 새로운 발-부족의 시대가 시작된 것 같기도 하다. 그들은 높은 산을 오르는 것만이 아니다. 강변을 따라 자전거를 타기도 하고, 제주도의 올레길을 걷기도 하고, 마라톤에 참가하기도 하고, 개를 데리고 동네 산책을 하기도 하고, 이별이 모자라 아직은 발-부족이 아닌 내가 잘 알지 못하는 다양한 활동을 한다.

그렇지만 섬세한 문학적 탐구를 통하여 부희령은 이 새로운 발-부족이 탄생하기 위해서 그들의 선조가 어떻게 길고 긴

그렇다고 없는 것은 아니다. 우리는 늘 그곳으로 돌아가려고 한다. 미래에는 붙잡아야 할 것 같은 그 과거로. 우리의 그 오래된 미래로.
* 「콘도르」에 대한 작가의 말에 따르면, 이 작품은 아버지가 교통사고로 골절상을 입어서 꽤 긴 시간 동안 부모가 없는 집에서 생활하면서 세상을 대면하였던 열두 살 소녀 때의 기이한 경험을 되살려 쓴 것이다. "너무 두툼한 외투를 입어서 움직임이 굼뜬 상태로 살아오다가 겉옷을 벗어던진 느낌이었다. 비로소 본래의 나로 돌아온 것 같은 과장된 활력이 샘솟았다."(부희령 외, 『선량하고 무해한 휴일 저녁의 그들』, 강, 2023, 123쪽) 이 활력은 부모가 있는 집과의 (길지만 일시적인) 이별이 가져다준 것이다. 이 활력이 사랑의 원천이 될 때 나는 그런 사랑을 눈으로 하는 사랑이 아니라 발로 하는 사랑이라고 부르고 싶다.

어두운 터널을 빠져나와 산을 오르기 시작하였는지에 대한 이야기를 들려준다. 이별의 모험으로 가능해진 새로운 삶의 이야기를 통하여 새로운 삶이 있어야 가능한 새로운 사랑의 이야기가 시작된다.

　이야기를 다 읽고는 '헤어질 결심'을 할 사람이 분명 있을 것이다. 희령의 새로운 이 문학은 무엇보다도 그들을 위한 것이다. 견고한 많은 것들이 대기 속으로 사라지는 시간에, 따뜻하고 부드러운 심장을 가진 그들은 걷기도 힘든 길에 반듯하게 돌을 놓을 것이다.

평소에 나는 책을 많이 읽는 편이다. 일 때문만은 아니다. 드라마나 영화나 예능프로그램을 보는 것보다 책을 읽는 게 더 재밌어서다. 책 중에서는 소설책을 가장 좋아한다. 친구들과 즐거운 시간을 누리다가도, 읽다가 덮어두고 온 소설이 생각나 집에 빨리 가고 싶을 때도 있다.

10여 년 전까지만 해도 내용이 난해하고 치밀한 인문교양 쪽 책을 선호했다. 다 읽고 나면 뇌 근육을 열심히 활용한 듯 성취감을 맛보았다. 더 똑똑해지고 박식해진 기분도 들었다. 자리가 부족해서 책장 정리를 할 때도 철학이나 사회비평서 같은 두껍고 어려운 책은 남겨두었다. 소설책은 가장 먼저 정리 대상이 되곤 했다. 어느 날 문득 스스로에게 정직해지고 싶어졌다. 나를 추궁했다. 가장 좋아하는 건 소설책이라는 사실을 이제 인정하는 게 어때?

소설은 왜 재미있을까? 사람마다 이유가 다르겠지만, 내 경우에는 소설에 몰입할 때 느끼는 쾌감이 매우 크다. 깊이 몰입할 수 있는 소설을 읽고 나면, 그것을 다시 맛보고자 또 다른 소설을 집어든다. 일단 몰입하기 시작하면 내가 아닌 다른 사람이 되어보는 경험을 할 수 있다. 소설에 등장하는 어떤 인물의 눈으로 세상을 보고 그의 의식으로 생각을 이어가고 그의 목소리로 혼잣말을 한다. 말하자면 1인극을 하는 느낌인데, 무대 위에 오를 필요도 없고 긴장하지 않아도 되는 고즈넉한 1인극인 셈이다. 이런 1인극을 되풀이하다보면, 이 세상에는 이해할 수 없는 사람이란 없다는 착각을 하게 된다.

11년 만에 두번째 창작집을 내기 위해 원고 교정을 보면서 기묘한 경험을 했다. 내가 쓴 소설이 마치 다른 사람이 쓴 소설처럼 읽혔다. 그러고 보면 11년은 제법 긴 시간인 게 틀림없다. 수년 전에 쓴 소설을 읽어내려가면서 내가 왜, 어떻게 이런 글을 썼는지 기억나지 않았다. 이해하기도 어려웠다. 어쩔 수 없이 이렇게 저렇게 수정하는 작업을 하다가 문득 깨달았다. 현재의 나는 과거의 나와 다른 사람이구나. 그러자 의구심이 뒤따랐다. 내가 아닌 다른 작가의 소설을 마음대로 뜯어고쳐도 되는 걸까?

소설은 작가의 일기가 아니다. 작가의 경험을 그대로 쓰는 게 아니라는 이야기다. 물론 직접 체험하여 쓰는 소설도 있고 거의 상상으로만 이루어진 소설도 있다. 체험이든 상상이든 작가의 무엇인가는 소설 속으로 들어간다. 독자도 그것을 읽을 수 있다. 독자로서 내가 소설에서 가장 뚜렷하게 읽을 수 있는 '작가의 것'은 그가 목적지로 설정한 지점이다. 모든 소설은 어떤 지점을 향해서 간다. 온 힘을 다해서 밀고 가기도 하고 한눈을 팔면서 설렁설렁 가기도 한다. 다른 것은 빌려올 수 있고 꾸며댈 수 있으나, 목적지만은 작가가 설정해야 한다.

과거의 내가 쓴 몇몇 소설은 목적지를 정하지 못한 채 어두운 밤의 한가운데를 헤매고 있는 것 같았다. 나는 두려워하고 머뭇거리며 그 소설들을 읽었다. 작가가 만든 세계로 몰입하고 싶지 않았다. 그럼에도 좋든 싫든 과거의 나는 그것을 써야만 했을 것이다. 그 시간을 거치지 않았더라면, 지금 내가 쓰고 있는 자리에 이르지 못했을 것이다.

내 소설은 누군가를 위로하고자 하는 것도 아니고, 목소리가 없는 이들을 대변하려는 것도 아니다. 그렇다고 내 글이 가치 없다고 생각하지는 않는다. 심지어 고백하자면, 나는 내 소설이 좋다. "(콘도르는) '날아갔다'가 아니라 '날아가고'예요?" 라고 말하는 아이가 있어서 좋다. '날아갔다'가 아니라 '날아가고'이므로, 다시 무엇인가가 시작되고 이어진다. 목적지를 향해 가는 것이다. 이제 나는 지금 여기와는 많이 다른 세계를 목적지로 설정하는 작가가 되고자 한다. 물론 소망은 쉽게 이루어지지 않기에 소중한 것이다.

마지막으로 덧붙이자면, 다음 창작집은 11년보다는 짧은 주기로 나오기를 바란다.

⟨수록 작품 발표 지면⟩

- 「콘도르는 날아가고」 (앤솔러지 『선량하고 무해한 휴일 저녁의 그들』(강, 2023) 수록)

- 「구름해석전문가」 (⟨황해문화⟩, 2021년 겨울호)

- 「완전한 집」 (⟨불교평론⟩, 2023년 봄호)

- 「만주」 (⟨내일을 여는 작가⟩, 2013년 하반기호)

- 「귀가」 (⟨동리목월⟩, 2019년)

- 「내 가슴은 돌처럼 차갑고 단단하다」 (⟨소설문학⟩, 2013년 봄호)

부희령

2001년 〈경향신문〉 신춘문예에 당선되며 작품 활동 시작.
소설집 『꽃』, 청소년 소설 『고양이 소녀』, 산문집 『무정에세이』,
앤솔러지 『선량하고 무해한 휴일 저녁의 그들』을 썼다.

구름해석전문가

초판 1쇄 발행 2023년 4월 3일
초판 2쇄 발행 2023년 5월 3일

지은이 부희령

편집 이경숙 정소리 | 디자인 윤종윤 이주영
마케팅 배희주 김선진 | 저작권 박지영 형소진 오서영
브랜딩 함유지 함근아 김희숙 고보미 박민재 정승민 배진성
제작 강신은 김동욱 임현식 | 제작처 천광문화사

펴낸곳 (주)교유당 | 펴낸이 신정민
출판등록 2019년 5월 24일 제406-2019-000052호

주소 10881 경기도 파주시 회동길 210
전화 031-955-8891(마케팅) | 031-955-2692(편집) | 031-955-8855(팩스)
전자우편 gyoyudang@munhak.com

인스타그램 @gyoyu_books 트위터 @gyoyu_books 페이스북 @gyoyubooks

ISBN 979-11-92968-03-2 03810

이 책은 서울특별시, 서울문화재단 '2022년 창작집 발간 지원사업'의 지원을 받아 발간되었습니다.